Corre, Cotia

KAKÁ WERÁ JECUPÉ

Ilustrações de Sawara

Dedico esta história a Sawara.

SUMÁRIO

COTIA NA ESCOLA

NA CASA DA TIA

A COTIA ENFRENTA O URUTAU

COTIA ENCONTRA O PARAKAO

COTIA E OS ALIADOS

A GRANDE BATALHA

A REUNIÃO NA GRANDE PEDRA

COTIA NA ESCOLA

> *Corre, Cotia*
> *Na casa da tia.*
> *Corre, Mocó*
> *Na casa da vó.*
> *Lá tem mingau*
> *No fim do dia.*
> *(Domínio público)*

Não sei se vocês sabem, mas na floresta tem escola. Só que diferente. Não tem prédio. Não tem sala de aula. Não tem lousa. Funciona assim: os bichos crianças se reúnem em um lugar. Às vezes, perto de um rio ou numa clareira; outras vezes, debaixo de uma árvore. Depende muito de quem vai dar a aula, pois cada dia tem um professor dedicado a um tema, e os lugares variam conforme o gosto da turma.

No dia do Pirá, o peixe-boi, por exemplo, a aula é na beira do rio. Ele sabe muito sobre vida aquática. No dia do Caco, o macaco, é debaixo da quaresmeira. Ele sabe muito sobre a geografia das matas e rios. Já o sabiá, que sabe muito mais que assobiar, embora diga que sabe que sabe que nada sabe — e que gosta de meditar —, dá aula de filosofia na clareira perto da trilha da anta. Na comunidade da floresta,

todos os adultos têm algo a ensinar e todos os jovens têm algo a aprender.

Um dia, a aula foi na Grande Pedra. Ali onde Suindara gosta de pousar para compartilhar seus ensinamentos. Com porte majestoso, os grandes e penetrantes olhos que brilham de dia e iluminam de noite, penas brancas que adornam seu andar, entremeadas com manchas entre o cinza e o marrom, carapuça preta, ouvidos tão atentos que escutam até o ritmo do caminhar das formigas, ela é a mestra das artes ancestrais. Garras afiadas que intimidam qualquer tentativa de aproximação. Dizem que ela tem poderes sobrenaturais, como, por exemplo, fazer o vento soprar em qualquer direção e compreender a linguagem dos humanos. Seu bico curvo indica destreza e agilidade no caçar e no falar, mas sua fala é compassiva, firme e afável:

— Vamos falar sobre árvore genealógica.

— Não conheço essa árvore, não, professora — disse o macaco, coçando a cabeça.

— Não é desse tipo de árvore, não, que estou falando. Segundo este livro aqui, chamado dicionário, árvore genealógica trata de suas raízes, de todos aqueles que vieram antes de você.

— Entendi. Mas o que é livro? — perguntou a capivara.

— Hummm... Como posso explicar? Bom, livro é o espírito da árvore que, quando morre, vira uma caixinha de palavras.

— Ah... E a gente, professora, quando morre vira livro?

— Não, capivara, é só a seiva da alma da árvore que vira livro. Bicho vira encantado. Cada ser tem suas viranças...

A aula continuou com sua manhã acolhedora, todos os bichos admirados da habilidade e da empolgação da mestra, até que, num dado momento, os grandes olhos dela encontraram os pequeninos olhos, meio embaçados, de uma cotia que tentava se esconder no fundo da clareira, sentada ao lado de um saruê que deixava transparecer um riso suave, de contentamento com os ensinamentos. Suindara, rapidamente, para disfarçar um certo incômodo, sacudiu as penas, que arrepiaram a carapinha, assumiu uma postura elegante e caminhou com passos suaves, acenando a cabeça a cada aluno por que passava, o que fazia com que eles ficassem mais atentos. Quando chegou próximo da cotia, pôs, discretamente,

uma pequena pedra verde entre as patas dela. Abaixou-se educada e pausadamente e sussurrou no ouvido dela:

— Se precisar de ajuda, esfregue esta pedra.

Quando a professora voltou para o centro da clareira, a luz do dia já anunciava o final da aula.

— Bicharada, para a próxima aula, quero que vocês tragam informações sobre suas raízes, façam entrevistas com seus pais e com seus avós. Depois compartilharemos as descobertas, combinado?

O sol do meio-dia estava quase chegando quando aracuã, o pássaro do som estridente, cantou o sinal do fim de aula. A professora se despediu de todos e partiu em um voo olímpico.

Como de costume, os bichos brincaram um pouco antes de voltar para casa. Nesse dia, formaram pequenas rodas, com os passos e as palmas ritmados, ao sabor do canto:

>O sapo não lava o pé
>Não lava porque não quer
>Ele mora lá na lagoa
>Não lava o pé porque não quer.

Cotia e Saruê foram entrar na roda. Acontece que alguns bichos estavam com ciúmes, achando que a professora tinha dado mais atenção aos dois durante a aula. Começaram a entoar quadrinhas de provocação. O problema é que, quando a brincadeira vira provocação, quem provoca pensa que está só brincando, mas quem é provocado não se sente acolhido pela turma. Cotia e Saruê perceberam que ninguém os queria nas cirandas. Cada vez que se aproximavam, a roda fechava e os deixava de fora. Foram ficando meio tristes, enquanto os cantos se repetiam:

> Corre, Cotia, perninha fininha
> Corre, Cotia, com sua pancinha
> Corre, Saruê, para você ver
> Que ninguém corre com você!

Os bichos, divididos em panelinhas, olhavam para eles e ficavam sussurrando e dando risadinhas, até que Saruê se ofendeu e respondeu, raivoso:

> Quem cochicha
> O rabo espicha,
> Come pão
> Com lagartixa.

A onça, que estava no meio da roda dos que tiravam sarro, ficou chateada e rugiu com toda a braveza.

Assustado, Saruê soltou seu mau cheiro, bem forte, sem querer. Os bichos zombaram:

Saruê, Saruê
Quero ver você correr.
Mas se soltar o seu cheirinho
Sou eu que corro de você.

Quando os bichos se dispersaram, ficaram apenas Cotia e Saruê, um olhando para a cara do outro.

O saruê é um gambá ágil e esguio. Tem olhos grandes e expressivos e uma boca que, mesmo nas piores horas, parece sorrir. Quando está com medo, raiva ou muito alegre, seus pelos ficam eriçados. Ele não consegue esconder suas emoções. Já a cotia, franzina, com suas costas curvadas para baixo e seus olhinhos opacos, parece estar sempre triste, embora não seja verdade, porque ela é muito brincalhona, especialmente com os raríssimos amigos, como é o caso do garboso gambá.

— O que foi que aconteceu? Por que fizeram isso com a gente? — perguntou Saruê.

— Cada dia, eles escolhem alguém para tirar sarro, e hoje foi a nossa vez — lamentou Cotia.

— Será que foi por que a professora deu mais atenção pra você, Cotia?

— Ela só me disse uma coisa estranha. Até me arrepiei! Me deu esta pedra e disse que, se precisar de ajuda, é só esfregá-la.

— Sabe, Cotia, eu ouvi dizer que a professora Suindara tem poderes sobrenaturais.

— Mas o que é que eu tenho a ver com isso? O que será que significa esta pedra verde?

— Estranho, muito estranho.

— Pequena e linda! Em todo caso, vou guardá-la atrás da orelha. Sabe, Saruê, admiro muito a professora. Ela me transmite uma força! Vou guardar esse presente como lembrança.

NA CASA DA TIA

Dona Cotinha é a mãe da Cotia. Ela caminha para lá e para cá pelos corredores das trilhas enfiando sementes na terra. Olhos cansados, mas sempre gentis. Carrega um corpo curvado, coberto de pelos cinzentos e desgastados de tantas preocupações. Já não tem a memória tão boa. Ficou assim depois do desaparecimento, ou morte — ninguém sabe ainda —, de seu marido, quando Cotia era pouco mais que um bebê.

Dona Cotinha é muito querida pela comunidade da floresta. Conhecida por sua afabilidade, generosidade e disposição para ajudar os outros, mesmo quando ela própria está enfrentando dificuldades, é uma mãe amorosa e atenciosa, apesar de suas próprias limitações e fraquezas, e faz o possível para proporcionar um lar seguro e acolhedor para a filha.

Ela estava juntando sementes em um cestinho para fazer sua tarefa quando Cotia chegou da aula e foi logo perguntando:

— Mãe, você sabe o que é árvore genealógica?

— Pé de quê, menina?

— Não é pé de nada, não, mãe. É árvore genealógica.

— Sei, não. Não conheço essa fruta.

Cotia explicou para a mãe que não se tratava de fruta. Que era um jeito de falar sobre os nossos ancestrais, aqueles que nos antecederam. Pais, avós, bisavós, tataravós, e por aí vai. Explicou que ela tinha como tarefa conhecer a história deles. A mãe, disfarçando certo incômodo, respondeu:

— Sabe de uma coisa, minha filha? Acho melhor você falar com sua tia, porque não me lembro de quase nada...

A mãe rapidamente mudou de assunto e começou a preparar o almoço. Percebendo que a mãe não queria conversa, Cotia saiu, pegou uma trilha até a casa da tia, mas antes passou na casa de Saruê para lhe pedir companhia.

— Amiga, minha mãe me contou que meu avô foi o maior escalador da floresta. Que incrível! Disse que ele era tão famoso que muitos bichos vinham de outras florestas para aprender a escalar com ele — contou Saruê, animado.

— Nossa, Saruê! Que legal! Eu ainda não sei nada

sobre meus avós. Na verdade, também não sei muita coisa nem do meu pai, porque a minha mãe não se lembra. Não sei, não... Às vezes, acho que ela não quer me contar.

— Calma lá, amiga! Se ela pediu para perguntar pra sua tia, é porque ela quer que você saiba. Talvez ela tenha mesmo problema de memória. Sua mãe trabalha muito, não para um instante e ainda ajuda muitos bichos, pois todos gostam muito dela. Acho que é o cansaço que faz isso: atrapalha as lembranças.

— Nem me fala, Saruê, acho que ela trabalha demais. A gente quase nem tem tempo de conversar, principalmente sobre coisas do passado.

Os dois foram caminhando e conversando. Ao entardecer, chegaram à casa da tia Cotilda.

Algo muito estranho surpreendeu Cotia e Saruê. A porta estava entreaberta e parecia que tinha sido forçada. A casa estava toda revirada, como se tivesse passado um furacão dentro dela. As saídas de fundo e as laterais, que funcionam como saídas de emergência, estavam obstruídas. Cotia chamou pela tia algumas vezes e nenhuma resposta chegava, a não ser o eco de sua voz.

Saruê começou a ficar assustado. Não precisou de muito tempo de busca para ele concluir:

— Ela foi raptada!

Isso não fazia nenhum sentido. A tia Cotilda não era como o tatu-bola ou o pica-pau, que tinham o hábito de esconder coisas preciosas em suas tocas. Ela não acumulava nada. Era uma cotia simples, já velhinha. Por que alguém iria raptar uma pobre anciã? Revistaram tudo. Os sinais eram de tentativas de fuga frustradas. Será que ela tinha sido vítima de um cachorro-do-mato ou mesmo de uma raposa?

Cautelosamente, foram investigar o lado de fora, para ver se havia alguma pista. Cotia achou uma pulseira de metal retorcida e cortada.

— Esse anel é da minha tia!

— Anel?! Desde quando? Não sabia que vocês, cotias, usavam anéis... De toda forma, isso não é um anel, é uma pulseira de pesquisa.

— Saruê! Desde que eu era pequena, minha tia já usava essa coisa. Ela me disse que, certo dia, estava caminhando na mata quando levou uma picada. Dormiu profundamente e, quando acordou, estava

com esse anel. Meu pai também tinha um… Eu era ainda bebê e me lembro vagamente de um desses no seu pé.

— Nossa! Isso não é anel, não, Cotia! Está vendo estes sinais?

— Sim.

— São números.

— Número? O que é número?

— Número é um sinal que os humanos inventaram para contar tudo. Juntando alguns sinais como esses, eles são capazes de contar todas as árvores da floresta, todas as pedras, rios, e até as estrelas.

— Até as estrelas?!

— Sim. Eles gostam de contar os bichos também. Os humanos colocam essas pulseiras nos animais justamente para contá-los.

— Para quê?

— Pra fazer sabão!

— Sabãoooo?!

— Sim. Sabão.

— E o que é sabão?

— Não sei direito. Acho que é um líquido que faz espuma.

— Nossa! Quer dizer que raptaram a minha tia para transformar ela em um líquido que faz espuma? E para isso precisam contar os bichos? Não estou entendendo nada.

— Calma, Cotia! Não sei. Só sei o que é número porque aprendi na escola. Tudo o mais só ouvi falar.

— Poxa, Saruê, a gente não pode acreditar nas coisas só porque ouve falar. Temos que investigar os fatos. Temos que buscar ajuda de quem sabe das coisas.

— Sim, Cotia, você tem razão. São fofocas, burburinhos que ouvi na floresta. Não tenho certeza.

Cotia estava tão nervosa que até fez xixi no chão:

— Preciso de ajuda, Saruê!

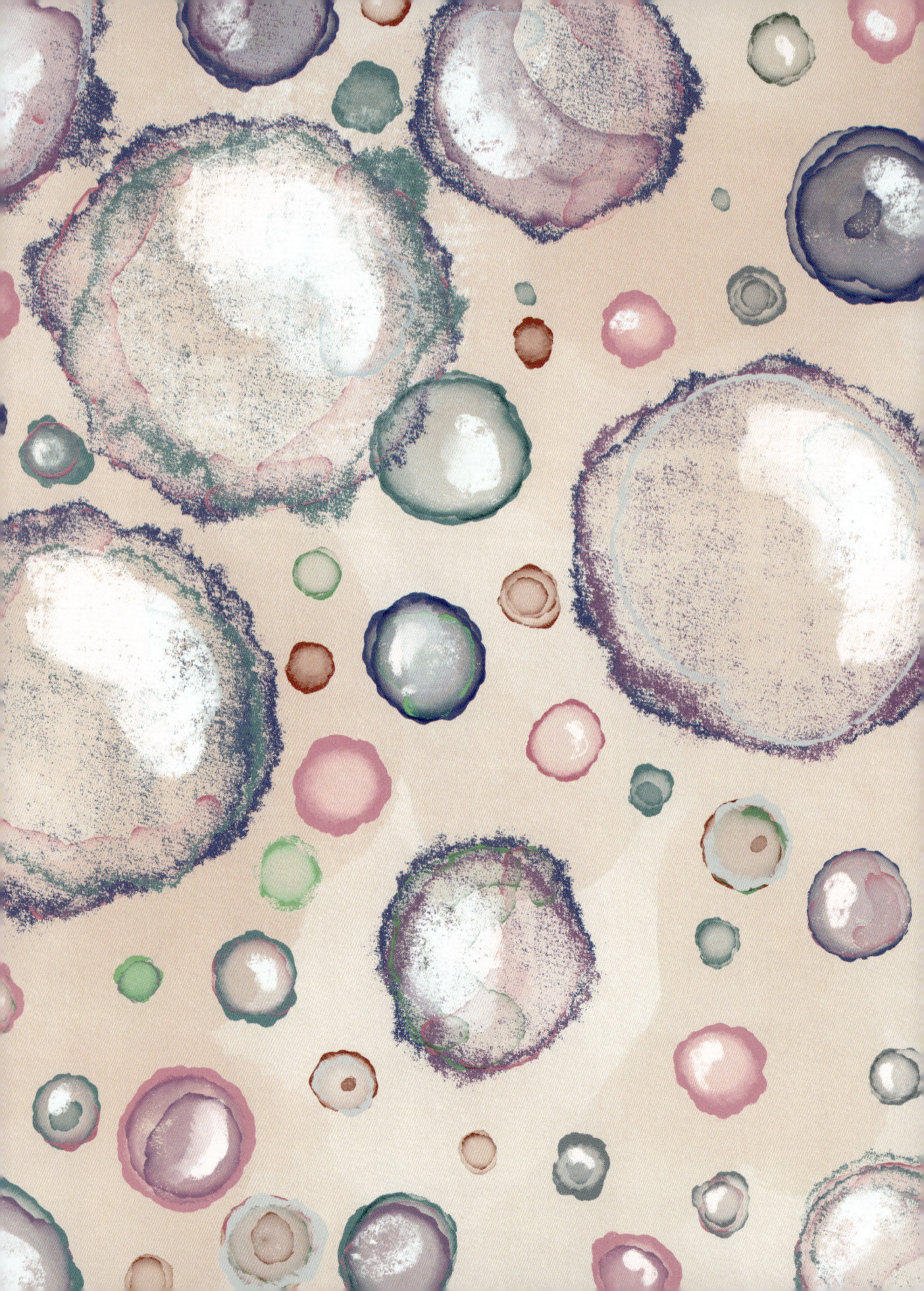

— Calma, Cotia, me lembrei de um amigo que pode nos ajudar. Ele realmente conhece essas coisas. É um estudioso. Inclusive, é investigador!

— Quem?

— Parakao, o papagaio. Ele não mora longe daqui.

— Saruê, eu estou muito confusa, não consigo pensar. Agora, veio uma imagem horrível na minha cabeça. Lembrei de meu pai com um troço desses no pé. De repente, ele some da minha vida. Agora, a minha amada tia some da minha vida também! Não estou aguentando mais, Saruê! Não sei o que fazer... Estou me sentindo no fundo do poço....

Subitamente, Cotia disparou em direção à floresta, tomada de um misto de medo, raiva e indignação. Saruê correu atrás dela, mas a perdeu de vista, tão rápida ela se foi.

COTIA ENFRENTA O URUTAU

Sem saber para onde ir e com o pensamento confuso, com o som dos insetos e dos grilos trazendo o sombreado de uma quase noite, Cotia se arrastava, arrasada. Um vaga-lume passou por ela indicando uma possível saída, mas ela resolveu fazer o caminho contrário. De repente, quando se deu conta, estava num lodaçal. Conforme escurecia, seus passos iam ficando mais pesados. Cotia chorava e gritava:

— Eu não sei o que fazer... Pai, cadê você? Mãe, cadê você?

De repente, do oco de uma árvore destroçada e queimada talvez por um raio, um par de olhos brilhantes saiu em direção a ela:

— Cadê você?

Lentamente, a voz foi revelando uma face cinzenta em volta dos olhos enormes. Era o urutau, conhecido pelo seu canto apavorante, que deu um pio que arrepiou todos os pelos da Cotia.

A figura do urutau foi surgindo aos poucos, à medida que ele saía da toca. Corpo esguio e postura ereta, com sua plumagem marrom-acinzentada se mistu-

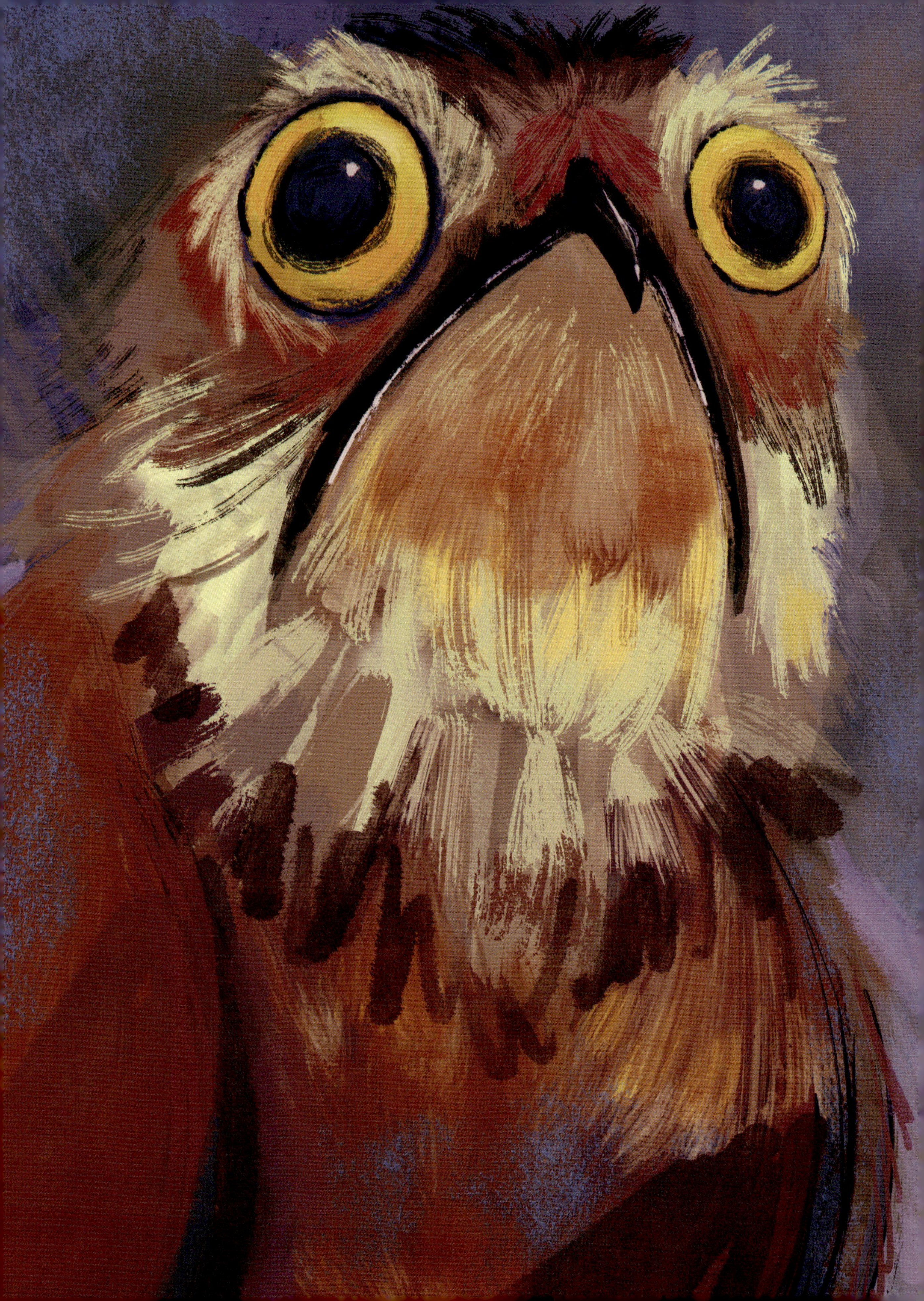

rando com o tronco chamuscado da sua árvore-casa, ficou parado, como se tivesse se transformado na própria árvore, mestre na arte da camuflagem que é. Seus olhos amarelos e pálidos como a lua buscaram hipnotizar a Cotia. Ele se dirige a ela com sua voz melancólica:

— Cadê você? — ecoou o urutau.

— Quem é você?

— Quem é você? — repetiu o urutau.

— Eu perguntei primeiro: quem é você?

— Eu perguntei primeiro, quem é você? — respondeu o urutau, fingindo-se de eco.

Mais amedrontada, as pernas da Cotia tremeram no chão enlameado.

Uma risada zombeteira cortou o silêncio. Os pelos da Cotia se eriçaram.

O vaga-lume passou novamente, sua luz estava mais brilhante. Suavemente, pousou no peito da Cotia, que respirou profundamente e olhou para aquela pequena luz, curiosa. Foi o tempo suficiente para

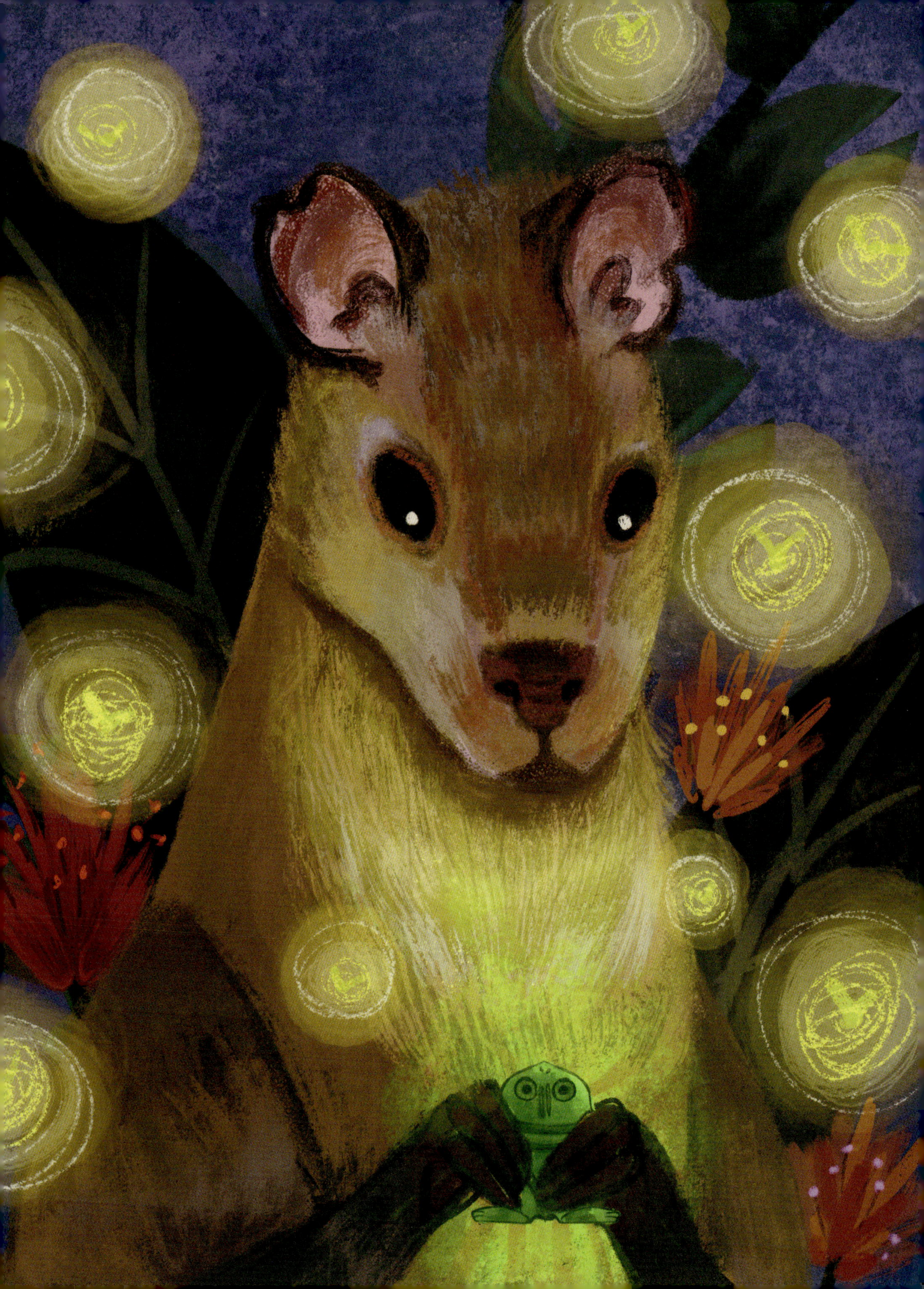

se lembrar das palavras da professora Suindara: "Se precisar de ajuda, esfregue esta pedra."

Cotia tirou a pequenina pedra verde que estava guardada atrás da orelha. Era uma esmeralda. Pôs-se a esfregá-la e, quanto mais fazia isso, mais a pedra brilhava, até que ficou com uma luz tão intensa que um raio saiu dela e subiu ao céu. Subitamente, como um relâmpago, surgiu a coruja Suindara, em um voo rasante, e pousou diante de sua aluna.

— Olá, querida! Estou aqui! Ao seu dispor.

Suindara abriu as asas elegantes e um clarão se fez na mata. O urutau, assustado, enfiou-se no oco de sua casa e sumiu.

Entre assustada e admirada, Cotia olhou bem para aquela grandiosa figura à sua frente. Ficou quase sem palavras:

— Como... como a senhora sabia que eu ia precisar de ajuda?

— Digamos que eu intuí.

— Nem sei o que dizer. Só sei que estou perdida, na lama... Professora, por que tudo está dando errado na minha vida?

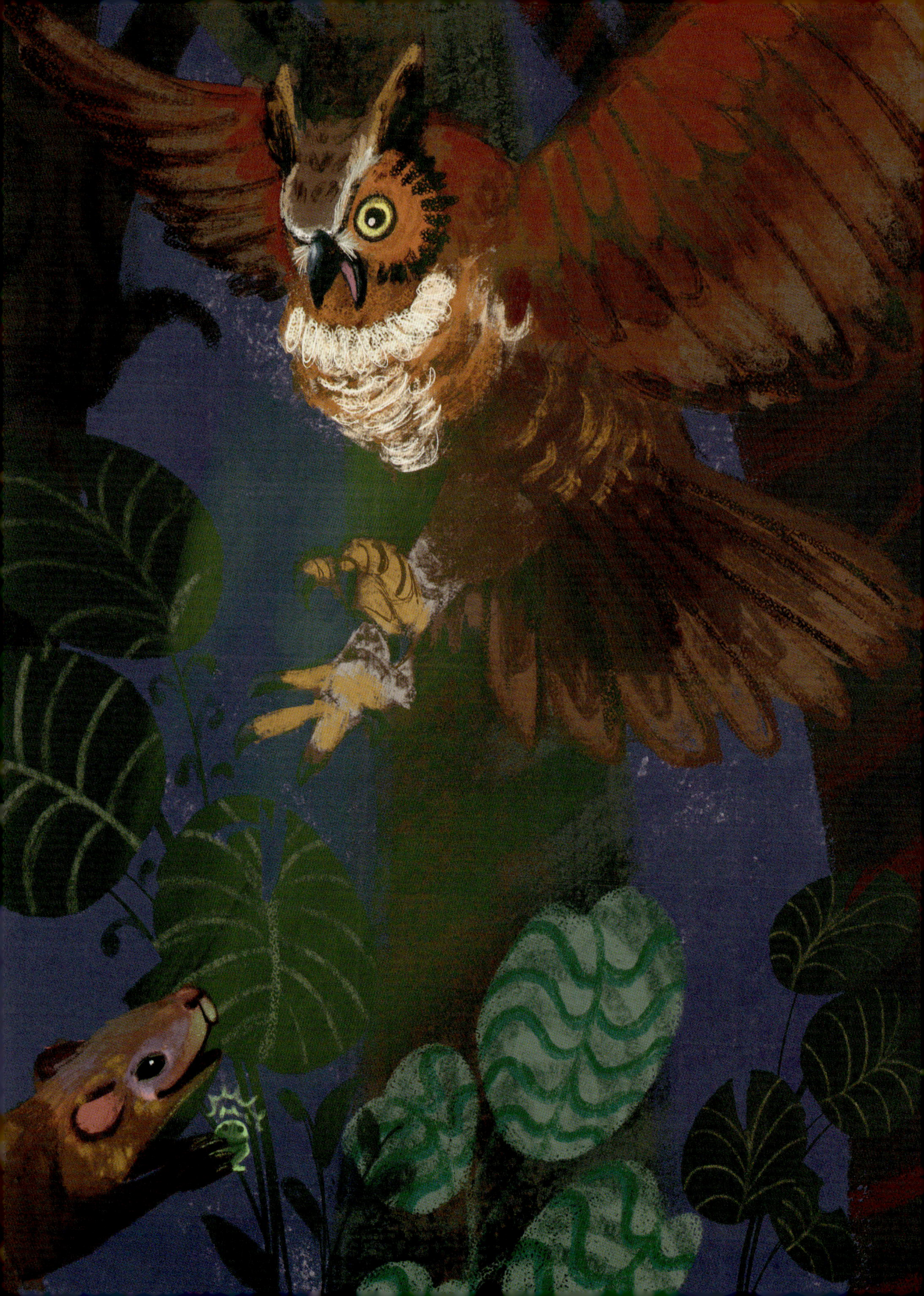

— Querida, muitas coisas dão errado na vida de todos nós. Sabe, às vezes, as coisas saem errado para nos tornarmos melhores. As coisas que dão certo são trilhas já conhecidas. As trilhas que erramos são escolas de aprendizados.

— Então, eu peguei uma trilha errada. E agora?

— Agora, que tal começar do ponto em que parou e seguir o seu destino?

— Tenho medo do que posso descobrir, ou confirmar.

— Medo? Como o que você sentiu agora há pouco? Ainda está com medo?

— Agora, não estou mais. As coisas estão mais claras. Você me ajudou.

Cotia olhou em volta e embaixo de seus pés. Como tudo estava mais claro, iluminado pela lua, percebeu que não era uma grande poça de lama o lugar em que tinha pisado. Era só uma pocinha do tamanho do seu pé. O corpo se aliviou e sua respiração voltou ao normal.

— Minha querida, saiba de uma coisa: quando acei-

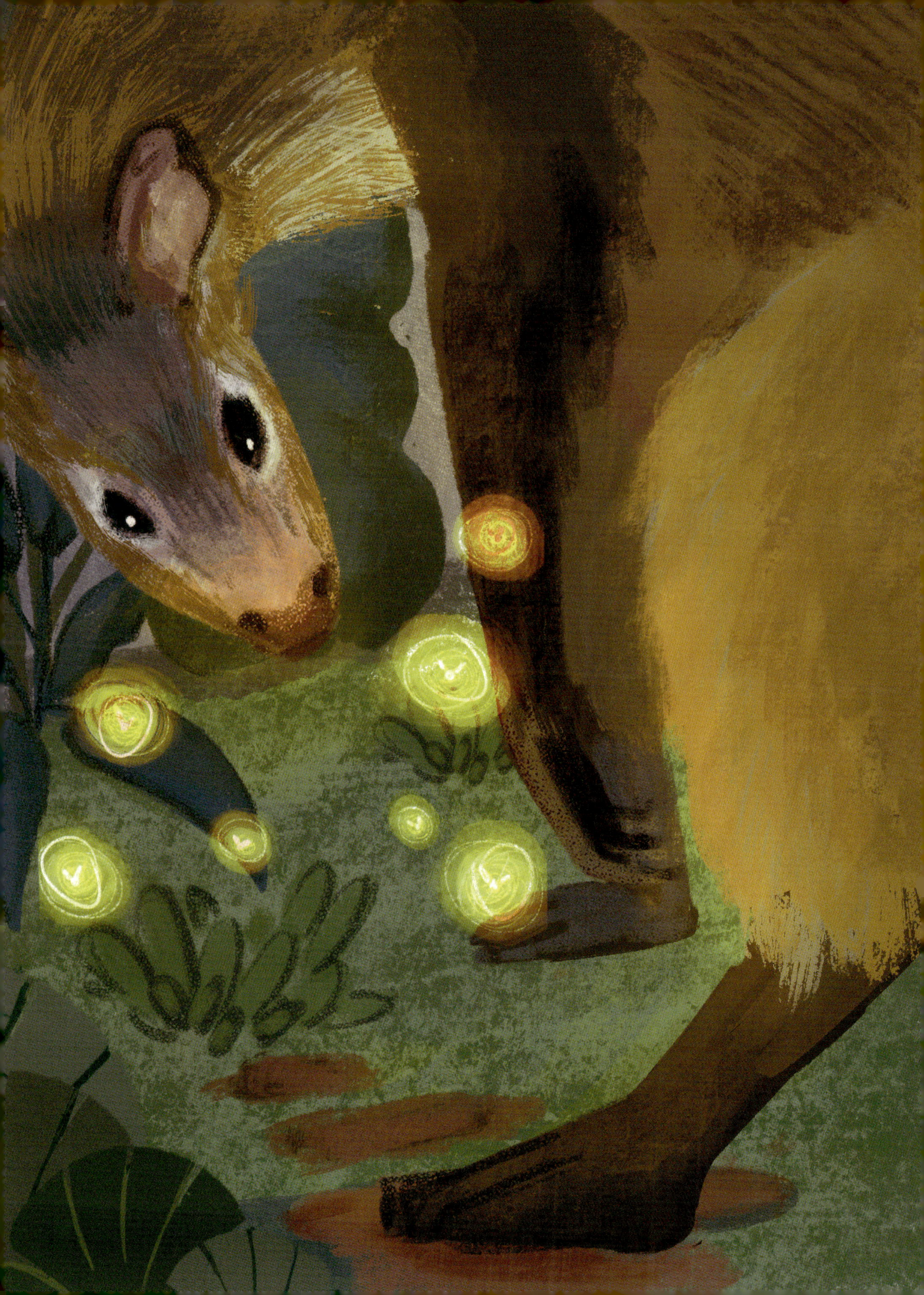

tamos enfrentar e conhecer nosso destino, sempre surge uma ajuda. Nunca estamos sós.

— Obrigada, professora Suindara. Estou muito grata mesmo pela sua ajuda. Grata e honrada.

— Esta é a palavra mágica: gratidão! Confie nisto: seu coração grato atrai tudo aquilo de que você precisa para atravessar os obstáculos. Agora, vá. Cumpra o seu destino.

Cotia conseguiu achar o caminho da casa da tia e estava mais confiante. Resolveu passar a noite lá. Começou a pôr as coisas no lugar e arrumar a casa. Estava pensando na melhor maneira de descobrir o paradeiro de tia Cotilda quando Saruê chegou.

— Procurei você por toda parte! Onde você estava? Tenho uma boa notícia: enquanto tentava te achar, encontrei o Parakao. Ele vai reunir mais alguns amigos pela manhã. Precisamos agir rápido, mas, como já é tarde, vamos descansar um pouco e logo cedo saímos para procurar sua tia.

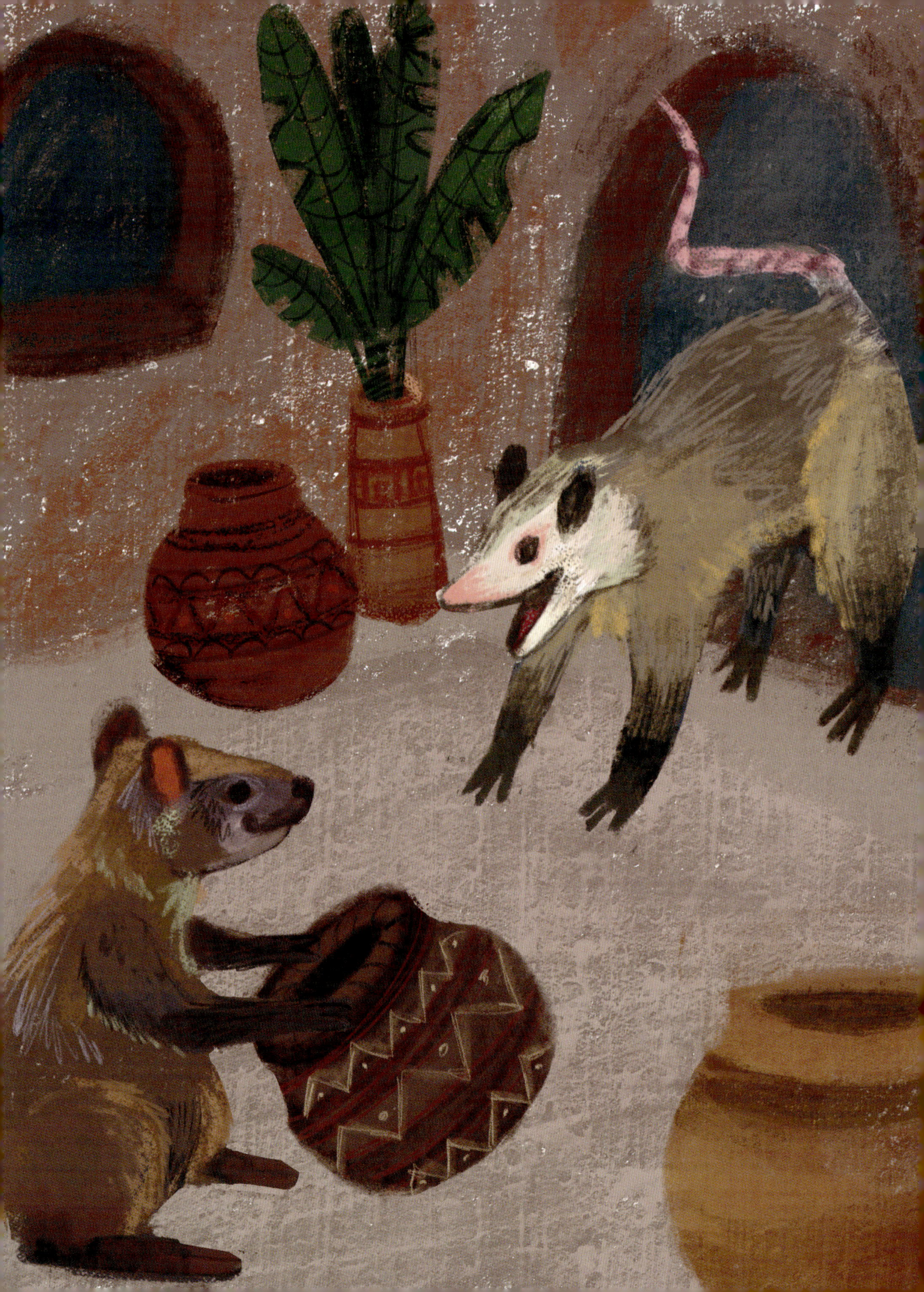

COTIA ENCONTRA PARAKAO

De manhã bem cedo, como combinado, Cotia e Saruê foram até a morada dos papagaios e encontraram Parakao comendo sementes de girassol. Mostraram-lhe a pulseira e explicaram a história toda. O papagaio torceu o pescoço e balançou a cabeça para lá e para cá, como se fizesse uma profunda análise do objeto. Estava tão concentrado que seus olhos pareciam uma lupa.

O Parakao é conhecido por sua inteligência excepcional. Curioso e perspicaz, já ajudou a desvendar mistérios para muitos bichos. Um tanto exótico, com plumagem vibrante e colorida, em uma mistura de tons de verde, azul, vermelho e amarelo. Quando anda, manca um pouco, puxando o pé do lado esquerdo, devido a um antigo ferimento que ganhou durante uma investigação. Costuma caminhar de um lado para outro quando está em estado de reflexão. E ele estava exatamente assim, o que deixava Cotia e Saruê um tanto ansiosos.

— E então, Parakao? Chegou a alguma conclusão? — perguntou Saruê.

— Essa pulseira é um instrumento que humanos colocam nos animais para estudar os seus hábitos e

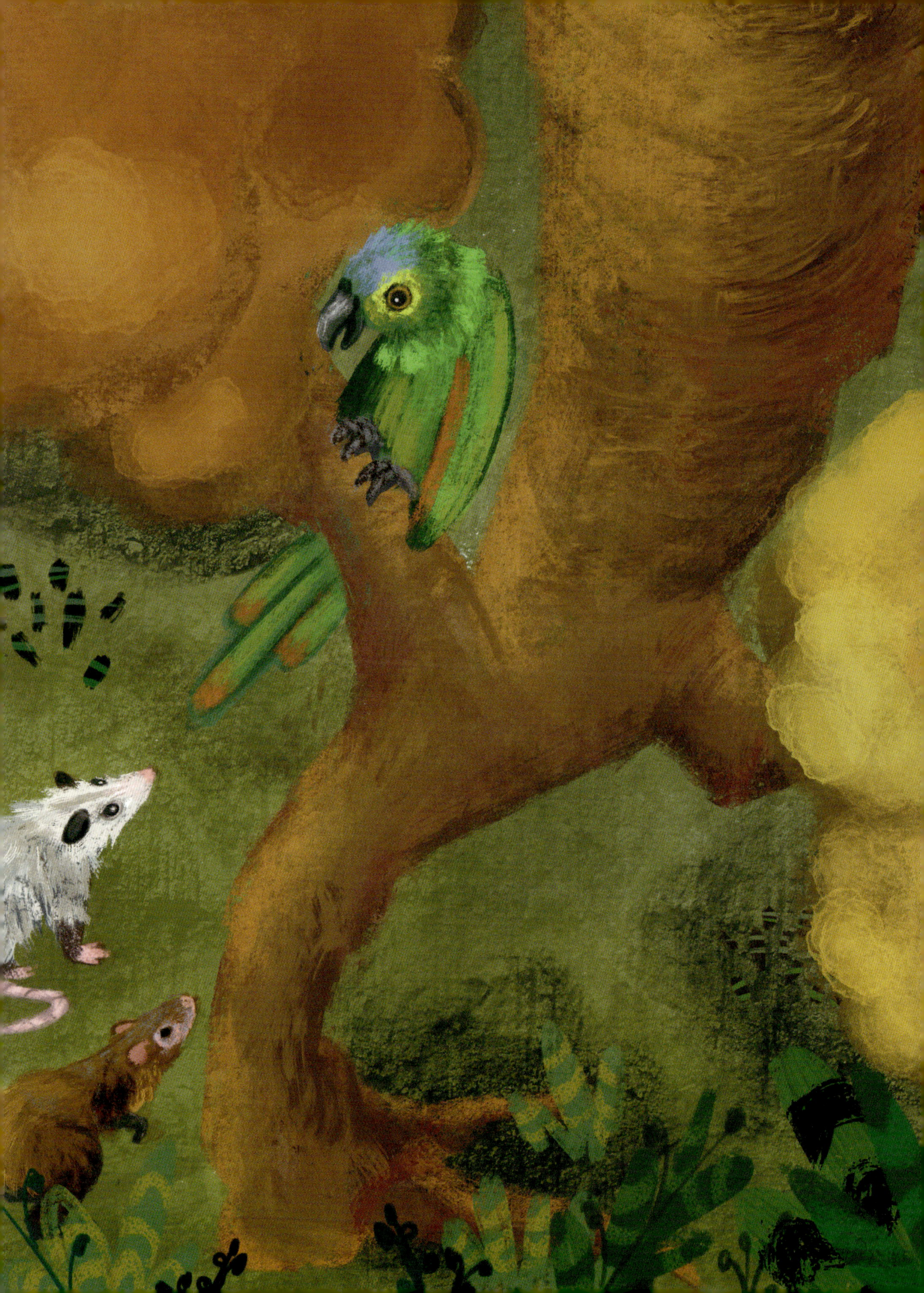

comportamentos, saber como se relacionam, coisas assim. Dessa forma, eles ficam sabendo tudo sobre nós. As pulseiras são chamadas, na verdade, de anilhas ou bandas. Os humanos que trabalham nisso são conhecidos como biólogos.

— Mas para que eles fazem isso com uma cotia?

— Eles fazem isso com muitos bichos. Há muito tempo, fizeram comigo também. Até fui morar com eles por um período.

— Então, eles sabem tudo sobre você?

— Que nada! Eles acham que sabem! Eu os enganei: comecei a repetir o que eles falavam, andar como eles andavam. Aprendi com meu avô. — Parakao riu. — Eles não sabem como nós pensamos porque ficamos imitando o tempo todo o que eles fazem. Com isso, aprendi como eles pensam. Eu entrei na mente deles.

— Então, será que foram eles que sumiram com a minha tia?

— Pelo que vocês me disseram, quem fez isso sabia das rotas de fuga. Ou seja, já conhecia a toca, os comportamentos e até os horários da sua tia.

PARAKA
PAR
PARAK
PARAK

— É verdade. — assentiu Cotia, pensando melhor.

— Talvez sejam eles os responsáveis pelo sumiço de sua tia. Pelo que vejo aqui, essa pulseira retorcida foi cortada com uma ferramenta especial e de um jeito bem cuidadoso. Só pode ser coisa de especialista. A boa notícia é esta: ela não está machucada. Mas... pode haver uma má notícia sobre tia Cotilda.

— Qual?

— Quando os biólogos cortam os anéis de metal, significa que eles encerraram as pesquisas, então, eles libertam o bicho. Conheço bem o comportamento deles; em geral, são nossos aliados. É isso que me deixa intrigado. Tem alguma coisa errada. Ainda não posso afirmar com certeza, precisamos investigar mais.

— Ah, Parakao, não me diga isso! Preciso encontrar minha tia. Preciso de ajuda para trazê-la de volta.

— Pode contar comigo. Meu avô foi papagaio de um pirata, viveu muitas aventuras e me ensinou muita coisa sobre os humanos. Vamos lá, não temos tempo a perder. O tempo está passando e cada momento é crucial para descobrirmos o paradeiro dela.

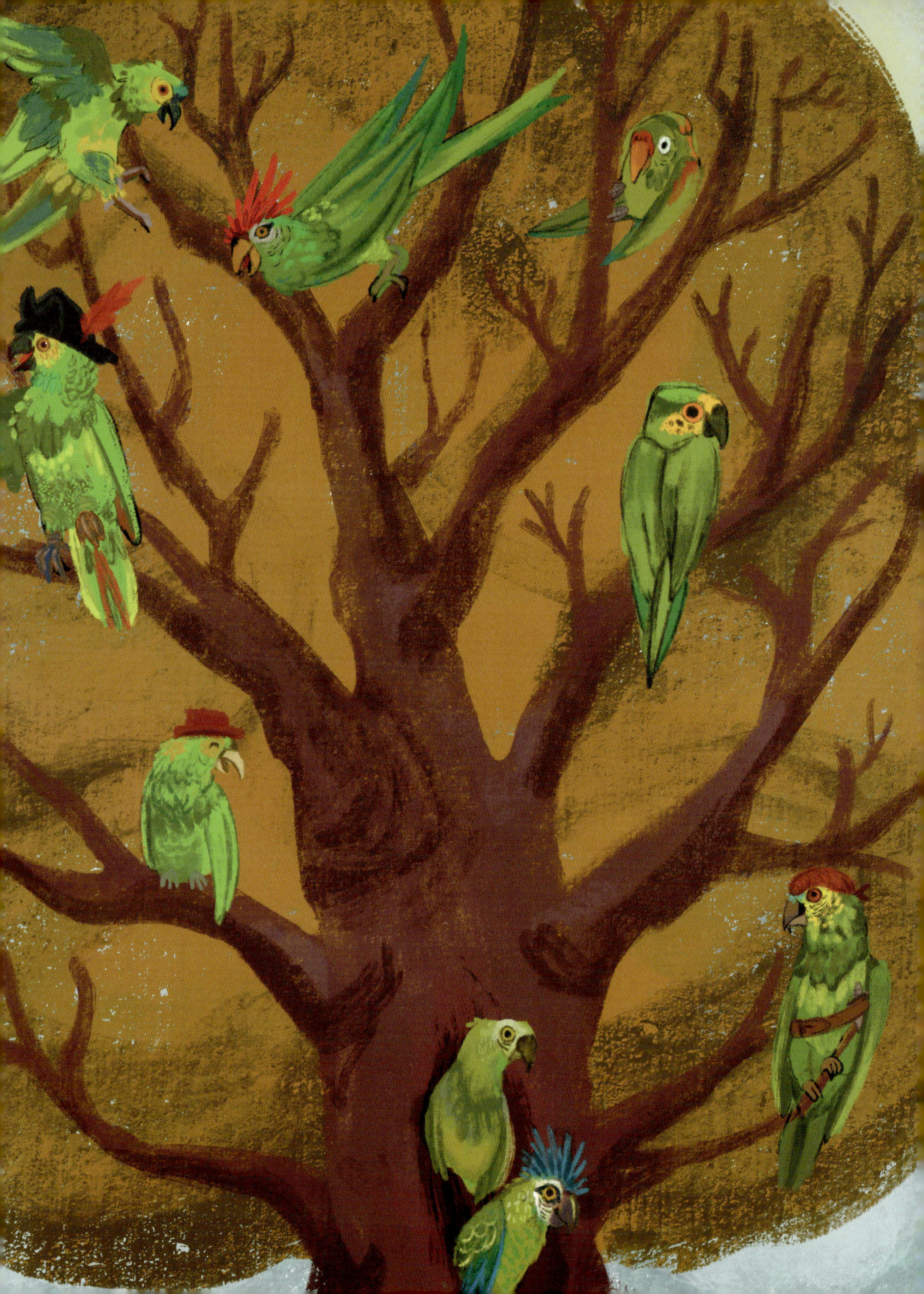

COTIA ENCONTRA ALIADOS

Ibirapitanga é uma das árvores mais antigas e mais sábias da floresta. O papagaio decidiu recorrer a ela; afinal de contas, quando a inteligência se une à sabedoria, tornam-se imbatíveis. Foram convocados também Kurukuru, a gralha guerreira, destemida e confiante, e Kumã, a arara-vermelha, comandante de um exército de centenas desses pássaros. Além disso, apareceu num galho da Ibirapitanga o enigmático Acauan, o grande gavião, alongando suas asas, que impressionavam pela altivez. Todos se apresentaram para colaborar com Cotia. Saruê achou muito boa a ideia de chamar os pássaros, pois eles podiam se mover pelo céu e agilizar as buscas.

Cotia estava meio choramingando, sentada na imensa raiz da anciã que se projetava cortando o chão e adentrando a floresta.

— Eu não quero que minha tia vire sabão... — disse Cotia, numa tristeza só.

— Sabão!? — perguntou a Ibirapitanga, sacudindo a copa, surpresa.

Saruê contou a todos as histórias que ouvira falar sobre bichos que são raptados por monstros que

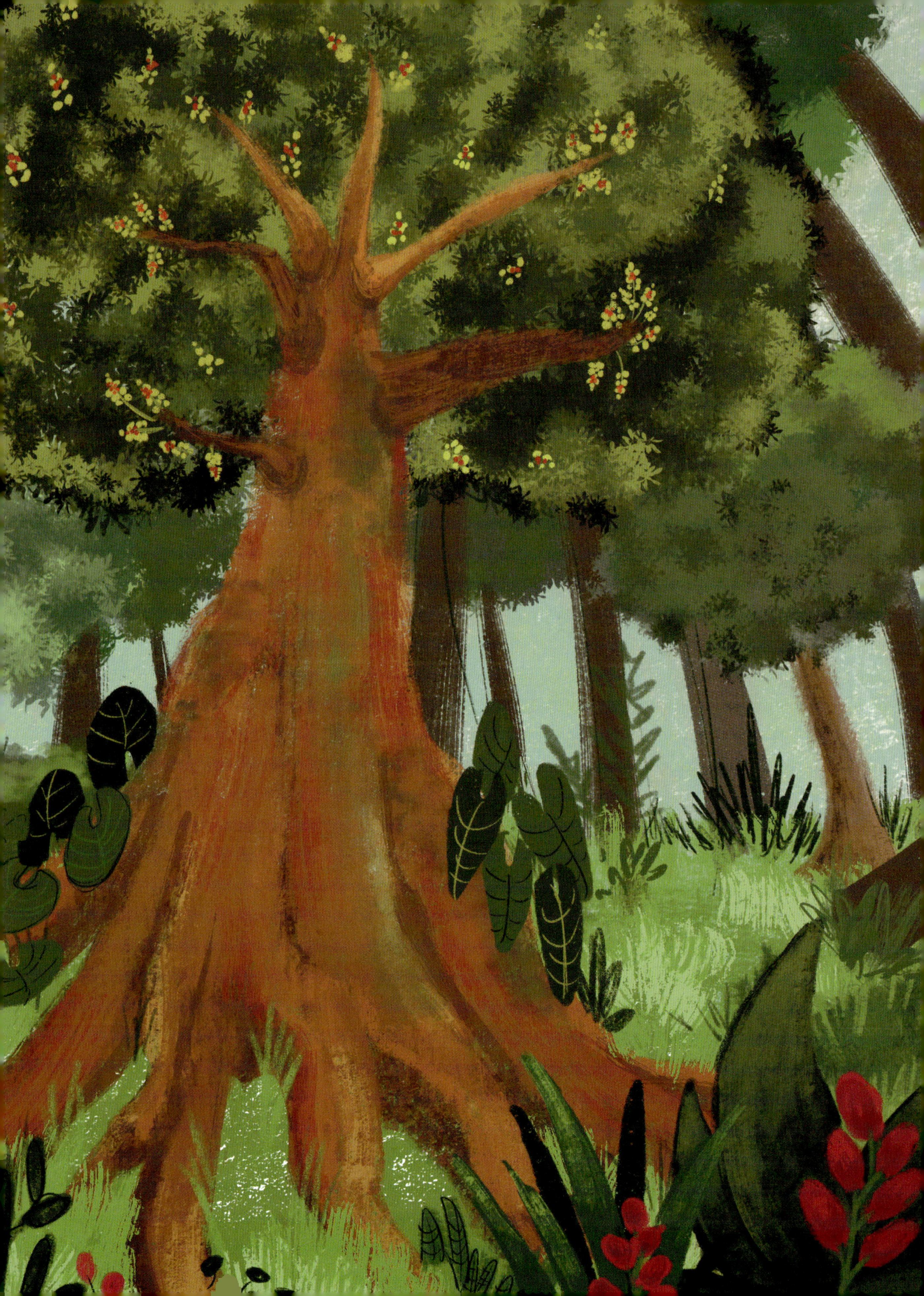

os transformam em sabão. Por sua vez, Parakao resolveu clarear o assunto, uma vez que ele entendia muito bem dessas coisas:

— Não, minha amiga Cotia. Não é sabão. Tem dois tipos de gente que andam atrás da gente. O primeiro deles é do grupo dos biólogos, que, como eu já disse, ficam querendo contar quantos somos e saber de nossas andanças, nossas comidas e bebidas.

— Sim, ficam xeretando nossas vidas! — gralhou Kurukuru.

— Nós estamos aqui para proteger você, eu e toda a minha família! — gritou Kumã, e logo em seguida centenas de araras-vermelhas começaram a descer do céu e pousar em todos os lugares: no barranco ao lado, nas árvores em volta. Eram tantas que a floresta ficou salpicada de vermelho.

— Mas há outro tipo de gente que anda atrás de nós. São os chamados traficantes. Esses nos perseguem para nos prender em alguma gaiola ou jaula, para nos matar por causa de nossa pele ou pluma, ou mesmo por causa de nosso corpo, como fazem com o povo-árvore — continuou Parakao.

— Muitos dos meus ancestrais foram arrancados

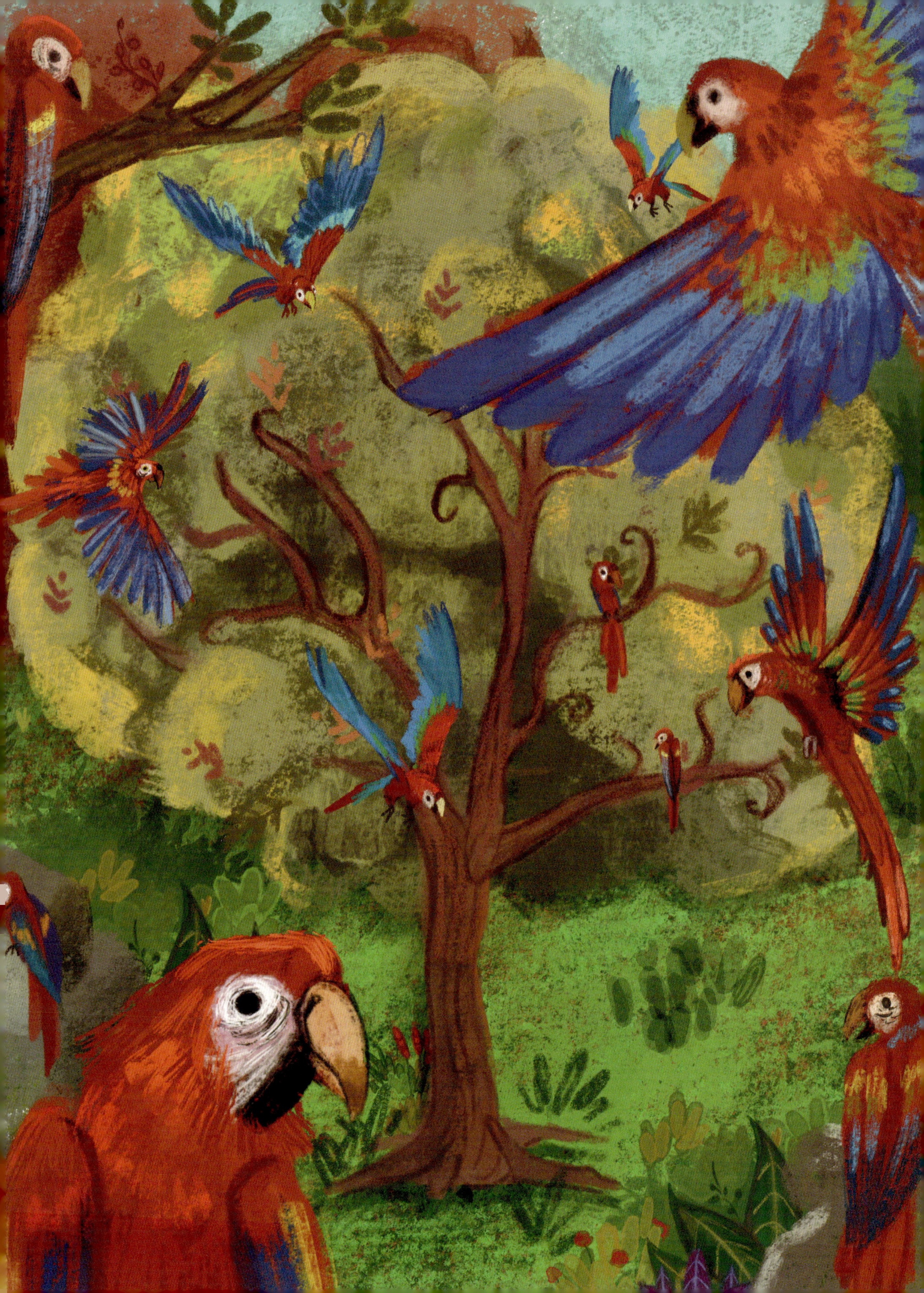

daqui e levados para longe por esse tipo de gente. Tenho receio de que sua tia tenha sido levada por eles. — disse Ibirapitanga — No caso dos meus antepassados, eles não viraram sabão, viraram tinta vermelha. Eles nos levavam para bem longe e mudaram o nosso nome, nos chamaram de pau-brasil.

— Minha mãe foi enjaulada por um desses monstros! — assobiou tristemente Kumã, a arara vermelha — Cortaram suas asas, arrancaram suas penas e calaram seu bico!

— Nossa! Isso é muito mas muito pior que virar sabão!

— A questão é saber que tipo de gente levou sua tia. Precisamos localizá-la rapidamente e dar um jeito de libertá-la! — piou Acauan, o gavião.

— Por enquanto, aquela pulseira com número é a única pista — disse Parakao.

— Ah, as pulseiras dos números que somam — lembrou Cotia.

— Depende. Se ela estiver com os biólogos, está sendo estudada para somar, mas, se estiver na mão de traficantes, será para diminuir. Subtrair as famílias. — alertou o gavião.

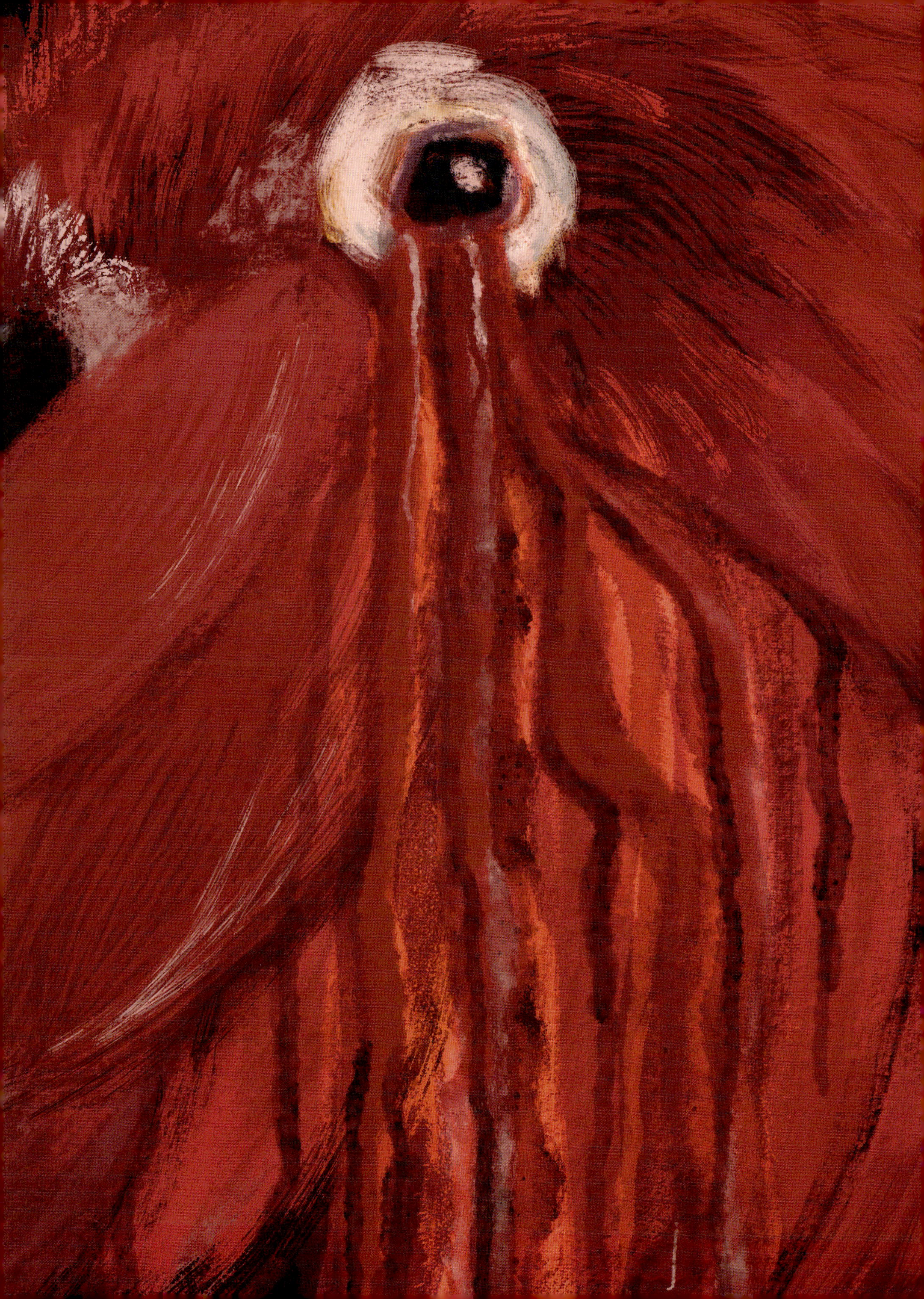

— Nós estamos com você, Cotia. Todos unidos para ajudar você! – disse a árvore.

— Eu nem sei o que dizer, só posso agradecer. Sou uma pobre cotia...

— Você é muito especial para nós, amiga — afirmou a grande Ibirapitanga.

— Eu? Euzinha?!

— Sim, querida. Vamos em frente! — disse Parakao e voltou-se para a árvore. — Mestra de todas as árvores da mata, precisamos de sua ajuda para localizar tia Cotilda.

— Sagrada árvore, indique-nos o caminho, que eu tenho um plano — confidenciou o gavião.

A grande copa da árvore se moveu suavemente. Ibirapitanga, então, pediu silêncio para se concentrar. Logo não se ouvia um pio na floresta. Então, uma luz de um brilho intenso emergiu de suas raízes e se conectou às raízes de todas as árvores de todos os lugares. Era uma mensagem que só as árvores são capazes de enviar. Não demorou muito para a resposta chegar.

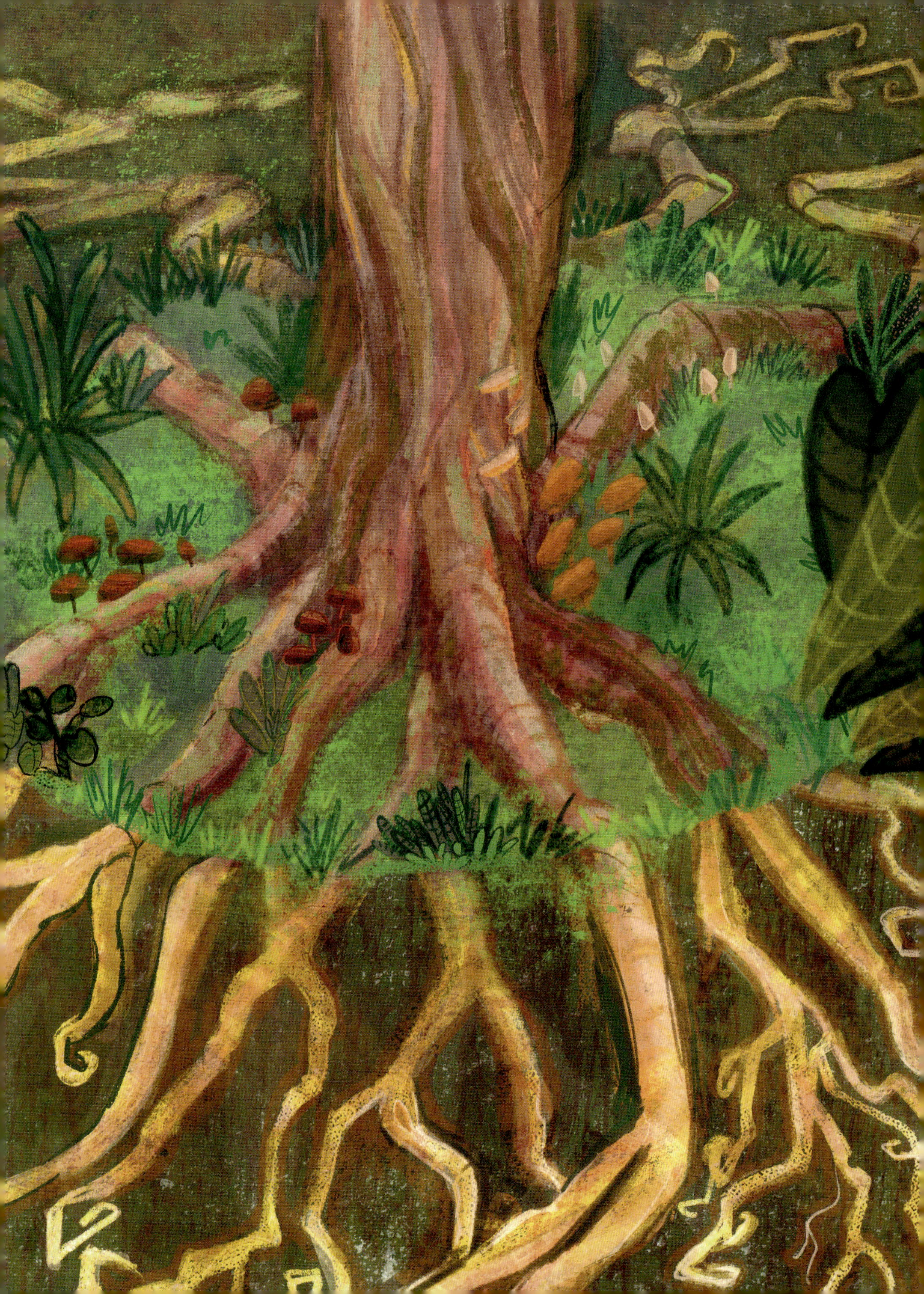

— Açaí, meu primo que mora ao norte, respondeu. Eles estão acampados a alguns quilômetros daqui. Caros amigos pássaros, sigam a direção do vento mostrada pelas copas que vocês chegarão lá — orientou a velha árvore.

— E nós? Queremos ir também! — reclamou Saruê.

— Sigam o som das araras, minha família vai indicar o caminho para vocês – disse Kumã.

— Vamos lá! — animou-se Saruê, começando a correr. — Correee, Cotiaa!

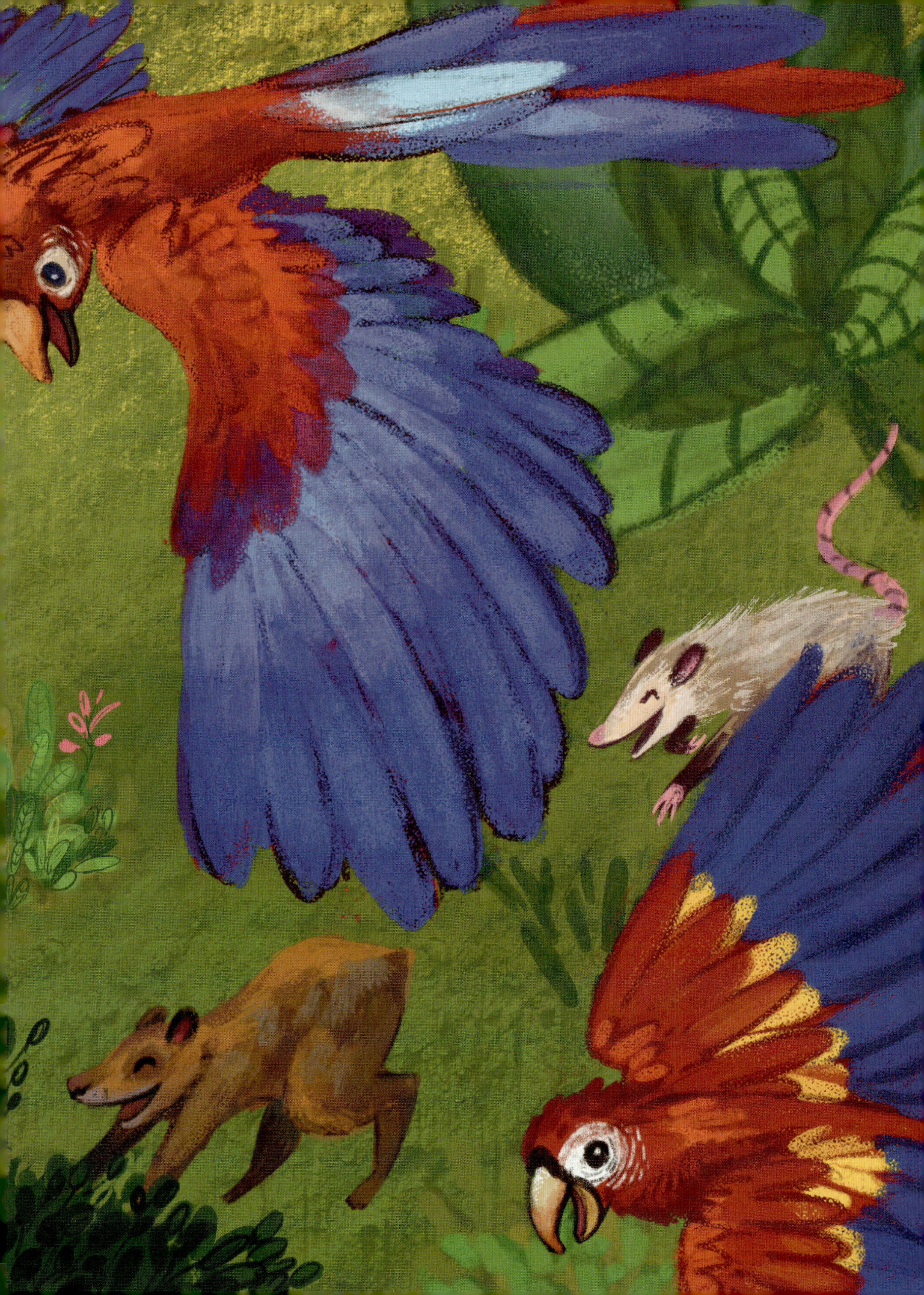

A GRANDE BATALHA

Uma revoada de araras chegou ao acampamento dos forasteiros entoando seu grito de guerra. Lá do céu, elas tinham visto uma grande barraca verde rodeada de objetos diversos. Ao lado dela, um veículo estacionado onde funcionava um laboratório com tecnologia de ponta, projetado especialmente para realizar pesquisas e estudos de campo sobre animais silvestres. Equipado com grandes pneus adaptados para enfrentar terrenos acidentados, abrigava também um módulo com um grande compartimento de metal, que, por sua vez, comportava outros, menores, destinados a acolher os animais. Pássaros enjaulados começaram a gritar quando ouviram o grito das araras.

Três pessoas que estavam se dirigindo ao laboratório móvel, ao ouvirem o barulho estridente das araras e dos pássaros enjaulados, correram, entraram no veículo, deram a partida no motor e saíram cantando os pneus pela estrada improvisada que rasgava a floresta. No sentido contrário, vinha Saruê, escalando uma árvore da beira da estrada. Quando viu o veículo se aproximando, ele saltou da árvore para o capô do carro, fez uma acrobacia e entrou pela janela. Dentro da cabine, Saruê concentrou-se de tal maneira que soltou uma explosão de mau

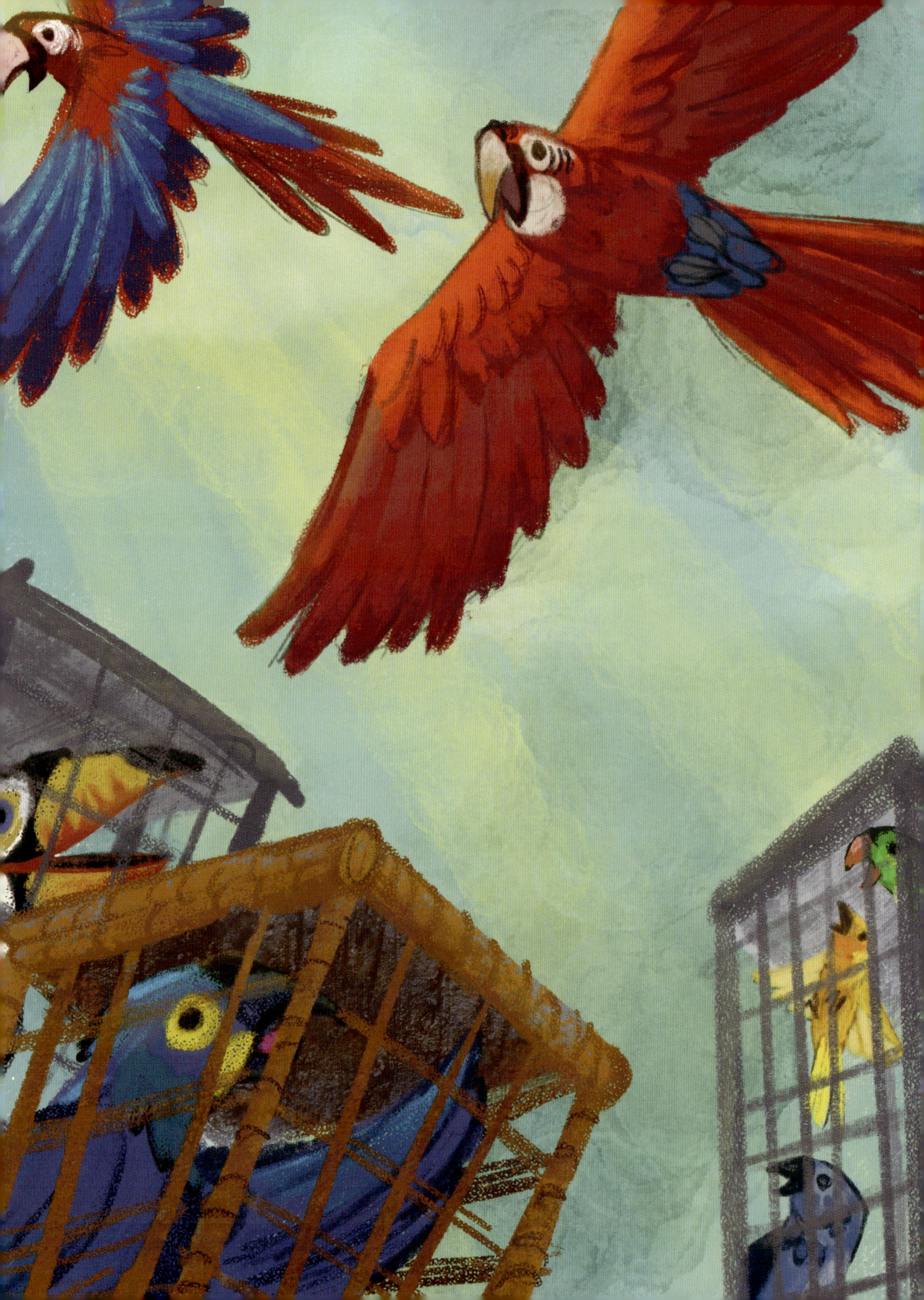

cheiro, como se fosse um superpum. O motorista e os dois colegas não aguentaram o odor fedorento e taparam o nariz e prenderam a respiração. Quando já estavam quase sem ar, o veículo se desgovernou e bateu num barranco. Os três homens saíram atordoados, desfalecidos, quase sem ar nos pulmões.

Enquanto isso, a Cotia tinha chegado ao acampamento, onde encontrou uma barraca dentro da qual parecia haver uma movimentação. Ela entrou e se deparou com um casal de humanos com pés e mãos amarrados e bocas amordaçadas. Parakao chegou logo depois e foi falando a língua deles para entender o que tinha acontecido.

Pouco a pouco, tudo foi se esclarecendo: Eles eram biólogos e haviam sido presos pelos traficantes, que queriam raptar os animais do estudo. O papagaio traduziu tudo para Cotia, que roeu as cordas que prendiam o casal e os libertou.

Mais adiante, ainda meio tontos, os ladrões de animais foram surpreendidos por um grupo de indígenas Kamaiurá — povo humano que habita na floresta, aliado das árvores e dos animais —, que os cercaram e os levaram presos para a aldeia.

— Agora, vocês terão que responder para a polícia o

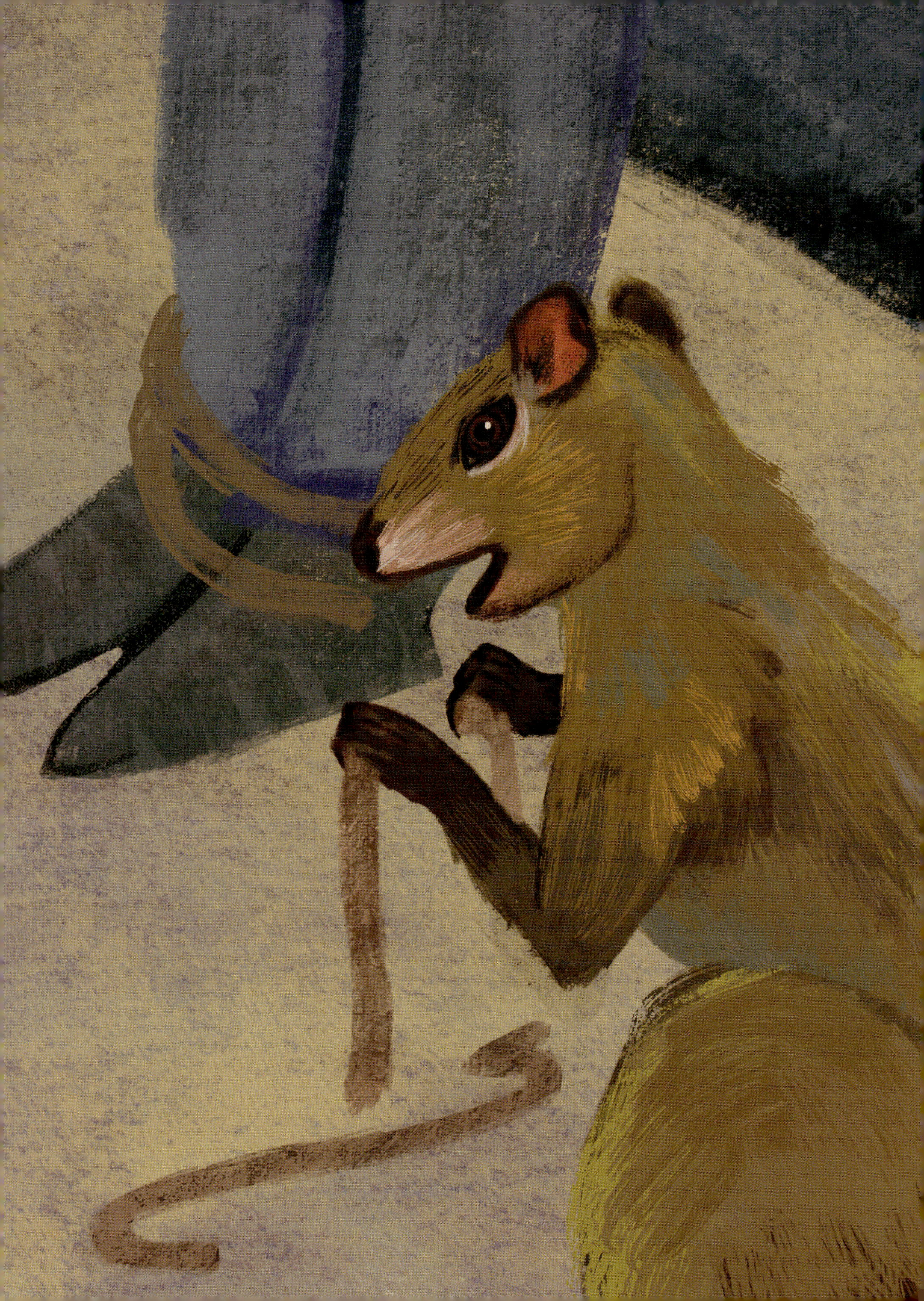

que é que estavam fazendo com tanto bicho preso! — disse o cacique.

— De onde vieram esses guerreiros Kamaiurá? — perguntou Saruê para a gralha Kurukuru, que havia chegado naquele momento.

— O gavião não é um gavião qualquer, é um gavião-pajé. Ele é do povo Kamaiurá. Parakao os chamou, pois sabia que eles iriam nos ajudar.

Nesse instante, o gavião pousou suavemente no chão e foi se transformando, aos poucos, em um pajé.

— Olá, amigos! Agora, está tudo certo.

O gavião-pajé libertou todos os animais presos na jaula. Um a um, foram saindo, aliviados: o mico-leão-dourado, um casal de ararinha-azul, muitos periquitos, pica-pau, um filhote de onça... e, por último, a tia Cotilda.

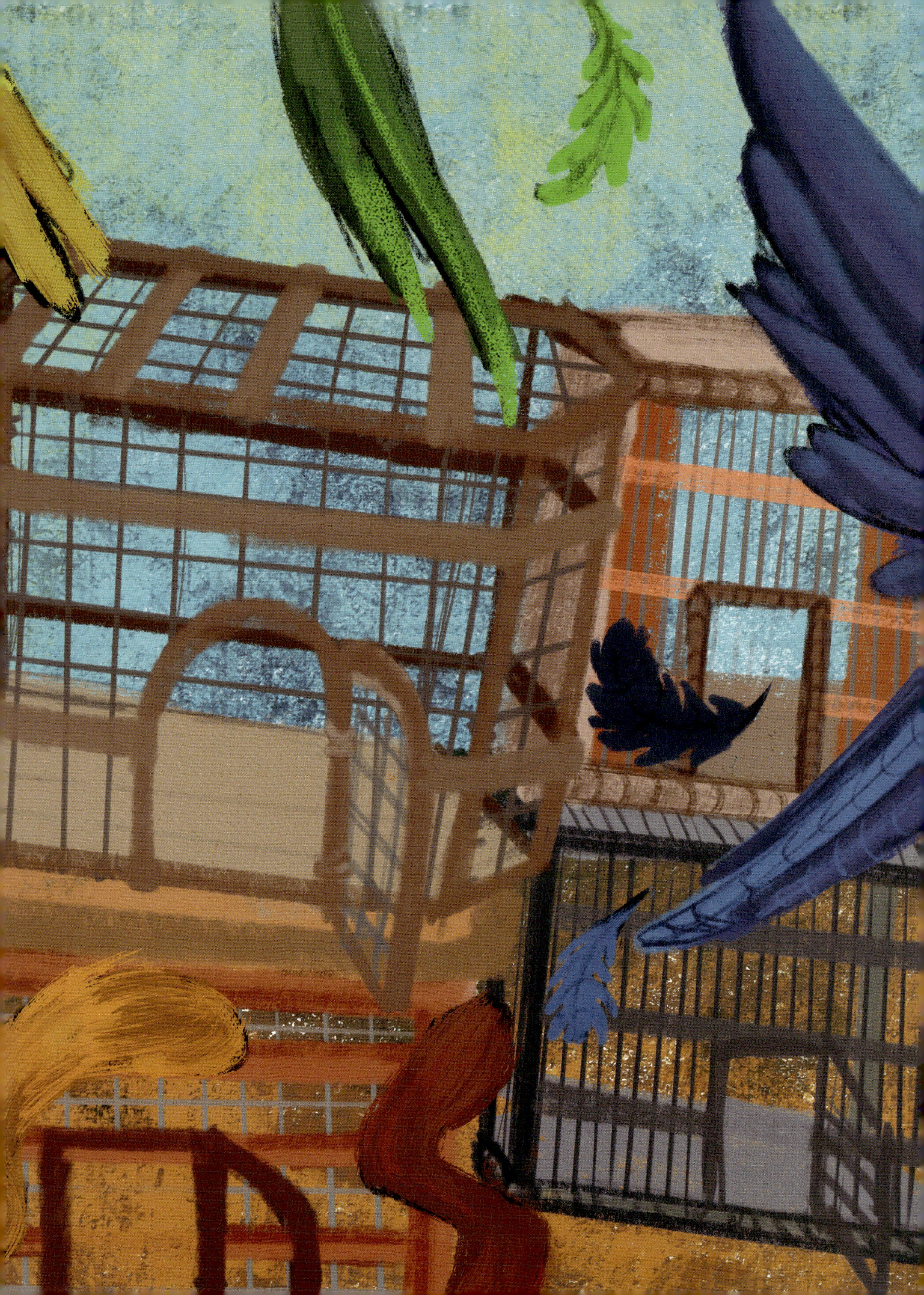

A REUNIÃO NA GRANDE PEDRA

A notícia ganharia toda a floresta. Cotia, Saruê e seus aliados pássaros salvaram os pais de seus colegas da escola. Antes disso, a tia Cotilda, que sabia tudo da árvore genealógica de sua família, chamou sua sobrinha para uma conversa na Grande Pedra.

Subiram até o topo, de onde podiam avistar toda a floresta. Era poente, um tom alaranjado abraçava todo o horizonte.

— Por que me trouxe até aqui, tia?

— Está vendo toda esta floresta?

— Estou.

— As árvores maiores que você vê ao longe, um dia, foram sementes que seu tataravô plantou. Aquelas árvores médias foram plantadas por sua bisavó e seu bisavô, que enterraram as sementes bem fundo. Centenas e centenas de sementes. Aquelas pequenas, eu ajudei sua mãe e seu pai a plantá-las. Já as araucárias foram plantadas pelos avós da nossa amiga gralha. Tem outras tantas árvores semeadas por tantos pássaros e cotias que você nem imagina! Sabe, sobrinha, nós somos semeadores de florestas.

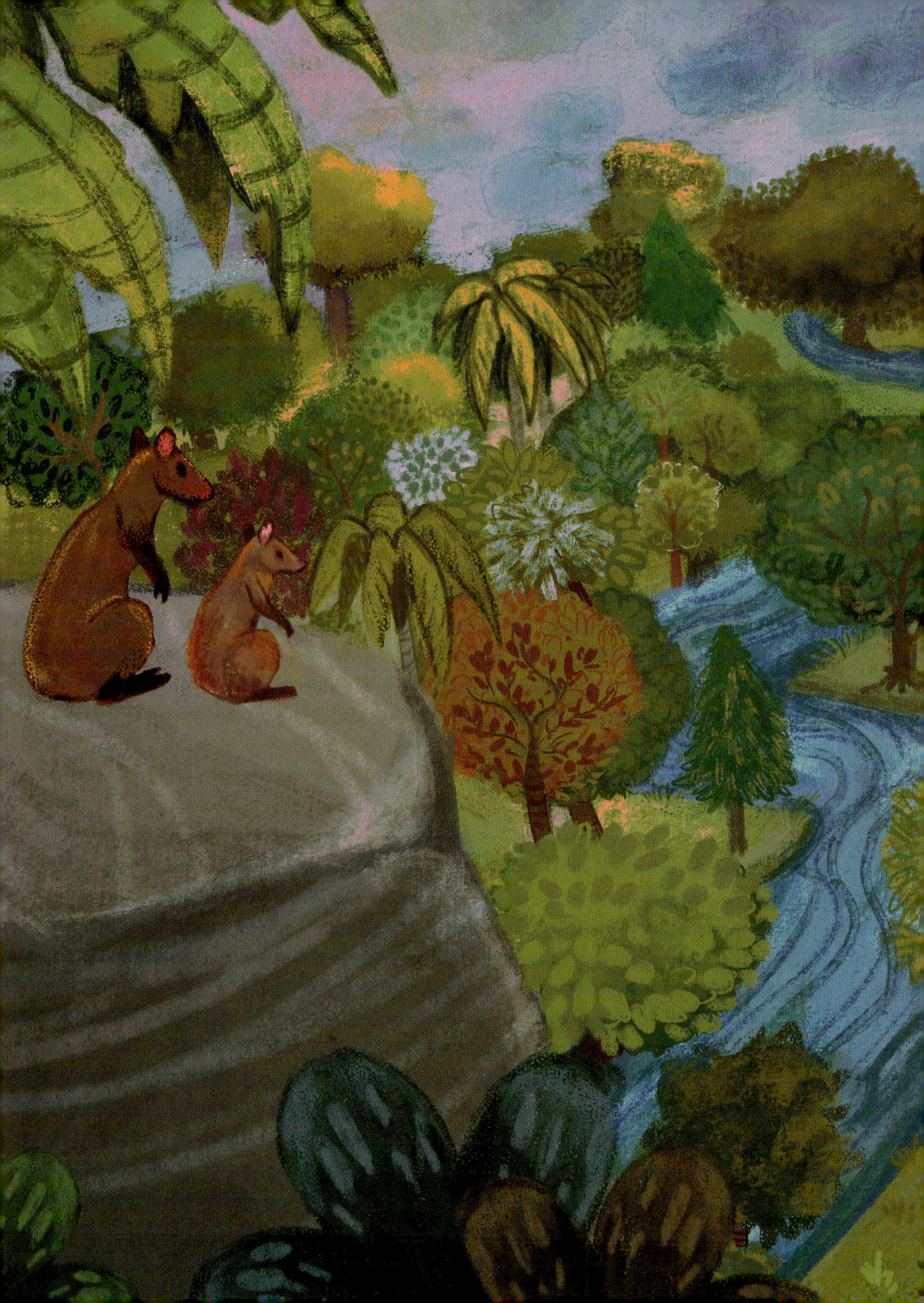

Sem nosso trabalho, por mais simples e pequeno que pareça, elas não existiriam. Sem mata, também não haveria seres humanos nem outros bichos. Então, minha querida, seus avós deixaram essa riqueza e essa missão para nós. Você é uma semeadora, uma jardineira, assim como seus avós. Entendeu, agora, quem é você? Um dia, você dividirá essa sabedoria com as gerações futuras.

— Como a professora Suindara?

— Não, a professora Suindara é sua inspiradora. Você será você mesma, com a força e a bênção de todos os seus ancestrais.

Naquele instante, Cotia compreendeu o porquê de Ibirapitanga dizer que ela era especial. Quando olhou em direção à grande árvore, lá longe, percebeu que ela respondeu ao seu olhar dobrando suavemente a copa. Era sua bênção. Mais adiante, avistou a copa de um imenso jequitibá, que acenou todas as folhas para ela, confirmando as palavras de tia Cotilda.

Foi nesse instante que o gavião-pajé pousou na Grande Pedra e foi logo anunciando:

— Tenho uma ótima notícia para vocês! Conversei com aquele casal de biólogos que a Cotia libertou.

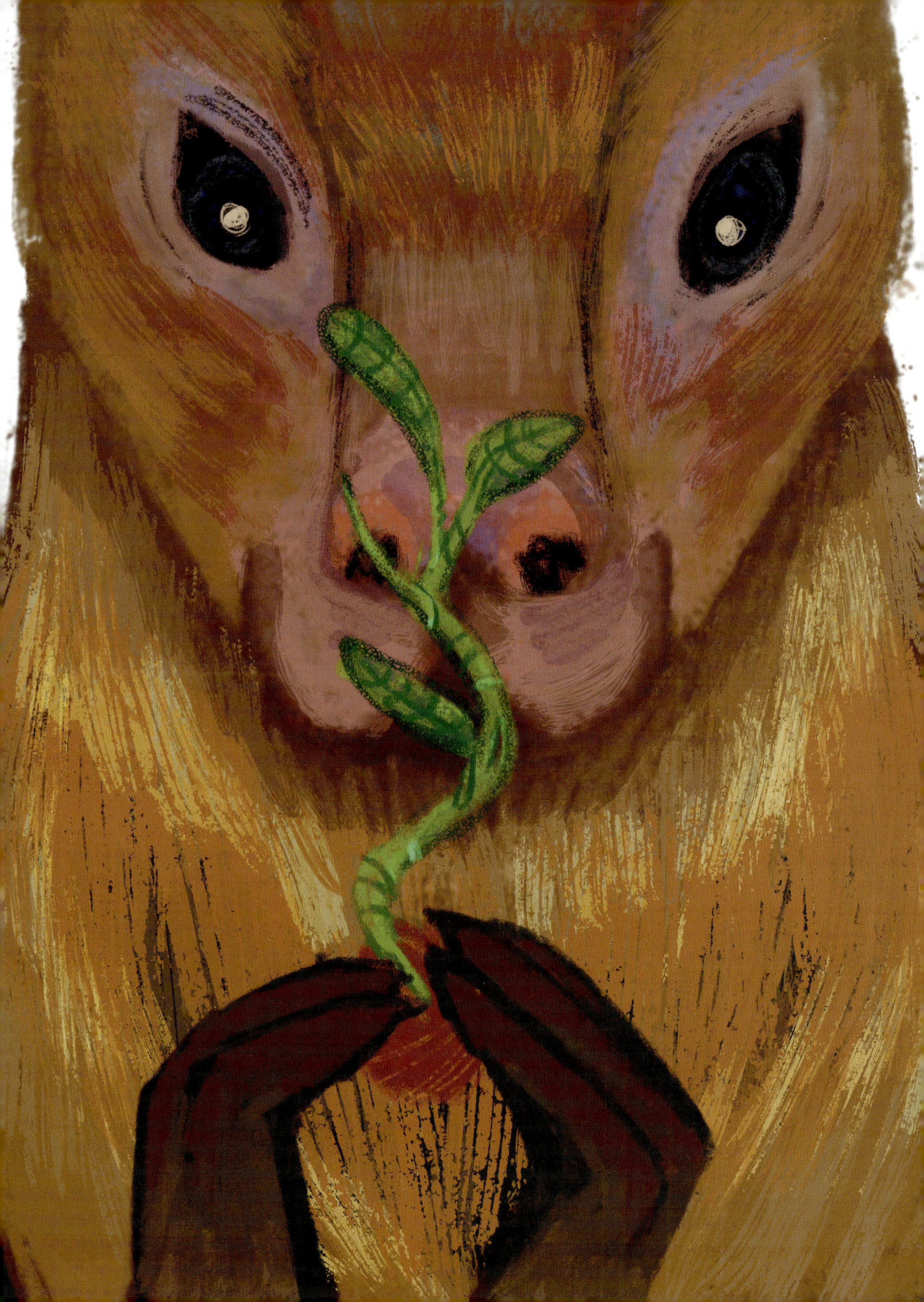

Há muito tempo, parte da equipe deles levou o pai da Cotia para estudos na cidade grande. Quando contei quem ele era, ficaram sensibilizados e, por isso, vão trazê-lo de volta.

— Meu pai está vivo?! Não acredito!

— Sim, Cotia, ele não virou sabão.

Cotia ficou tão feliz que saiu correndo pela trilha a uma velocidade estonteante. Voltou com Saruê, ambos com os olhos esbugalhados de alegria. Juntos, pularam e dançaram como nunca.

Em meio às comemorações, o gavião se transformou em pajé e disse:

— E tem mais, Cotia: de hoje em diante, você vai ter um nome para o meu povo. Você se chamará Kamé, a cotia sagrada, a semeadora de florestas.

Para selar a bênção, o pajé fez um risco vermelho com uma tinta de urucum na testa da Cotia, ou melhor, da semeadora de florestas.

Na manhã seguinte, ela chegou à escola diferente. Trazia uma pintura vermelha na testa. Os olhos tinham um brilho forte, e a presença dos ancestrais

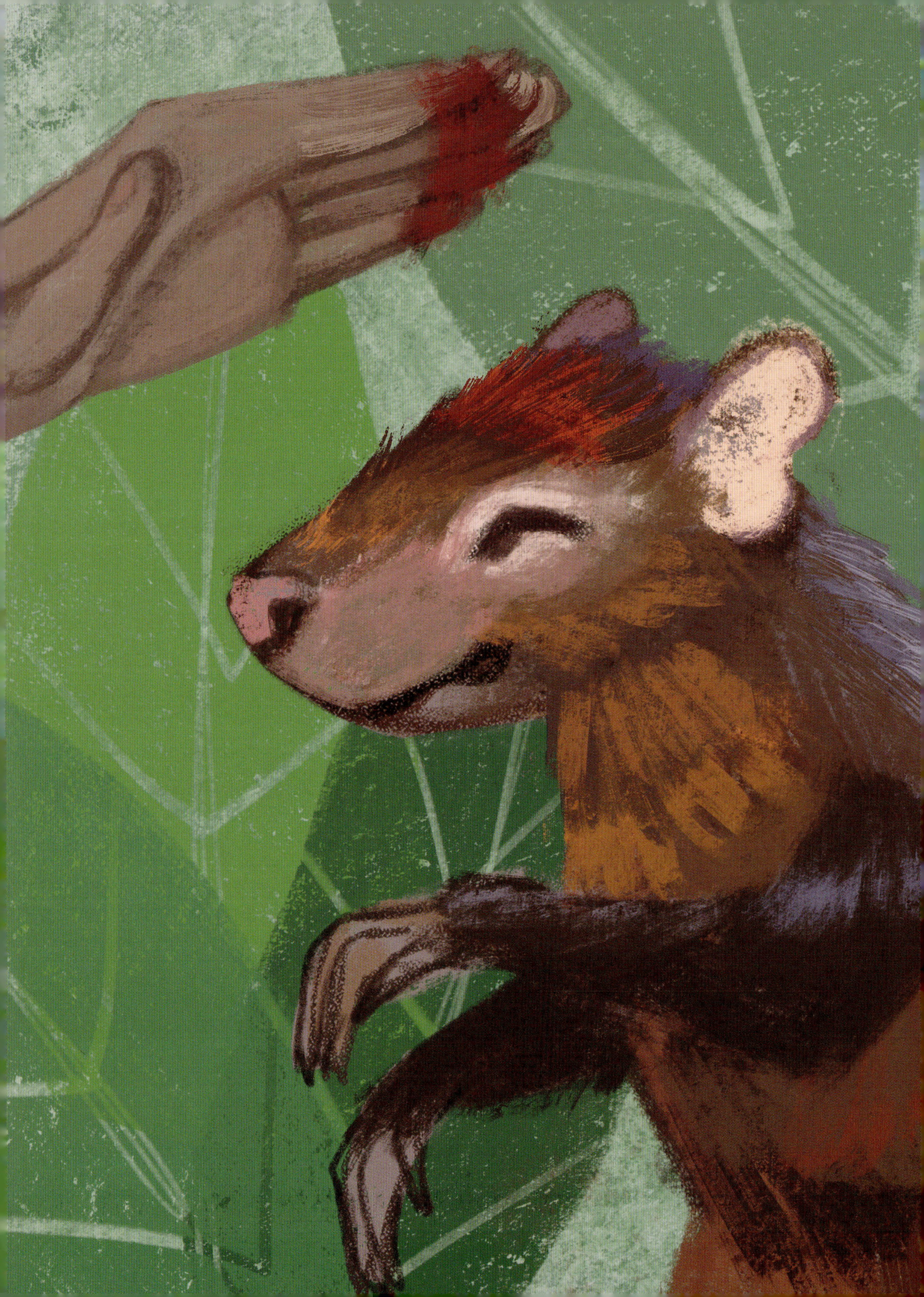

batia em seu peito. Antes de começar a aula, os alunos foram se aproximando dela e formaram uma grande roda. E cantaram:

> Corre, Cotia
> Para dentro da roda.
> Hoje é o seu dia
> De entrar nessa moda.

> Corre, Cotia
> Seu nome é Kamé.
> Tem força no punho
> E fogo no pé.

No céu, uma grande coruja piou. Suindara.

Sobre a ilustradora

Sawara é ilustradora, designer gráfica e fotógrafa. Sua formação como ilustradora começou quando pequena no Colégio Waldorf Micael, onde recebeu incentivo e teve liberdade para explorar sua imaginação, transformando histórias em desenhos. Ainda pequena, ilustrou o primeiro livro de seu pai para crianças, *As fabulosas fábulas de Iauaretê* e, em seguida, *A águia e o colibri*. Formada em Design Gráfico na Faculdade Anhembi Morumbi, atua como ilustradora em projetos editoriais, como *concept artist* em jogos, e como fotógrafa em variados projetos, registrando espetáculos no Sesc-SP, como "Os Filhos de Iauaretê, a onça-rei", com a Cia Pé de Ouvido, e em iniciativas sociais e ambientais, como a BioConstrução com a Caravana LowConstrutores e o registro de comunidades indígenas nos projetos Territórios da Dignidade e Moradas Infantis de Canuanã, de Marcelo Rosenbaum.

Atualmente, Sawara também coordena o Instituto Arapoty junto com Elaine Silva, participando de projetos que promovem a cultura indígena, como o Projeto Literatura Indígena, que leva às escolas a redescoberta dos muitos povos originários do Brasil por meio da produção literária.

Sobre o autor

Kaká Werá Jecupé nasceu em 1964 em São Paulo. De origem tapuia, viveu com os guaranis da mata atlântica paulista nos anos 1980. Começou sua carreira no empreendedorismo social como forma de gerar sustentabilidade, promover a cultura e a diversidade dos povos indígenas. Com o tempo, expandiu esse propósito para a educação, tornando-se professor de instituições como a Fundação Peirópolis de Educação em Valores Humanos e a Universidade Internacional da Paz (Unipaz).

Em 1988, venceu um concurso de dramaturgia e recebeu o prêmio Zumbi dos Palmares, em São Paulo, com a peça *A incrível morte de Nego Treze na favela Ordem e Progresso*. Em 1994, publicou pela Fundação Phytoervas, em parceria com o Instituto Arapoty, o antológico livro *Oré awé roiru'a ma: todas as vezes que dissemos adeus*, considerado precursor da literatura indígena no Brasil e depois publicado pela editora Triom em inglês.

Pela Editora Peirópolis, publicou os livros: *A terra dos mil povos*, *Tupã Tenondé*, *As fabulosas fábulas de Iauaretê* e *Uga*, primeiro livro da coleção Fabulosas Fábulas, da qual este volume faz parte. Por suas obras, Kaká ganhou prêmios e tornou-se uma importante referência da literatura indígena.

coleção
FABULOSAS FÁBULAS

Tradicionalmente, a fábula é definida como uma narrativa curta, cujos protagonistas são animais e mesmo outros seres que agem como pessoas, e tem como função: emocionar, divertir e instruir. Na literatura, considera-se Esopo, um autor da Grécia Antiga, como o iniciador desse gênero. No entanto, as culturas dos povos originários das Américas, e particularmente do Brasil, têm suas próprias estruturas narrativas fabulares, que se fazem presentes tanto entre as comunidades indígenas atuais como no que se convencionou considerar o folclore brasileiro.

A partir delas é que nasceu a ideia da Coleção Fabulosas Fábulas, que tem como propósito estimular, nessa linha de gênero, a reflexão de temas ligados a valores humanos, povos originários e ecologia.

Copyright © 2024 Kaká Werá Jecupé
Copyright ilustrações © 2024 Sawara

Editora
Renata Farhat Borges

Editora assistente
Ana Carolina Carvalho

Ilustrações
Sawara

Revisão
Regina Azevedo e Mineo Takatama

Diagramação
Lívia Corrales

Dados Internacionais de Catalogação na Publicação (CIP) de acordo com ISBD

J44c	Jecupé, Kaká Werá
	Corre, Cotia / Kaká Werá Jecupé ; ilustrado por Sawara. - São Paulo : Peirópolis, 2024.
	80 p. : il. ; 20cm x 26cm. – (Fabulosas fábulas)
	ISBN: 978-65-5931-327-3
	1. Literatura infantojuvenil. 2. Literatura indígena. 3. Fábula. I. Sawara. II. Título. III. Série.
2024-1683	CDD 028.5
	CDU 82-93

Elaborado por Odilio Hilario Moreira Junior - CRB-8/ 9949
Índice para catálogo sistemático:
1. Literatura infantojuvenil 028.5
2. Literatura infantojuvenil 82-93

1ª edição, 2024

Também disponível nos formatos digitais
ePub (ISBN 978-65-5931-326-6) e KF8 (ISBN 978-65-5931-329-7)

Editora Peirópolis Ltda.
Rua Girassol, 310f – Vila Madalena
05433-000 – São Paulo – SP – Brasil
Tel.: (55 11) 3816-0699
vendas@editorapeiropolis.com.br
www.editorapeiropolis.com.br

MISTO
Papel | Apoiando o manejo florestal responsável
FSC® C044162